叶兆言

文学少年

人民文学出版社

图书在版编目(CIP)数据

文学少年/叶兆言著. —北京: 人民文学出版社,
2017
(我们小时候)
ISBN 978-7-02-012692-7

Ⅰ. ①文… Ⅱ. ①叶… Ⅲ. ①散文集-中国-当代
Ⅳ. ①I267

中国版本图书馆 CIP 数据核字(2017)第 080741 号

丛书策划: **陈　丰**
责任编辑: **甘　慧　杜　晗　李　殷**
装帧设计: **汪佳诗**
插　　图: **谢　翔**

出版发行　**人民文学出版社**
社　　址　**北京市朝内大街 166 号**
邮政编码　**100705**
网　　址　**http://www.rw-cn.com**

印　　制　**山东德州新华印务有限责任公司**
经　　销　**全国新华书店等**

开　　本　**890 毫米×1240 毫米　1/32**
印　　张　**5.75**
插　　页　**7**
字　　数　**110 千字**
版　　次　**2017 年 6 月北京第 1 版**
印　　次　**2017 年 6 月第 1 次印刷**

书　　号　**978-7-02-012692-7**
定　　价　**32.00 元**

如有印装质量问题,请与本社图书销售中心调换。电话:010-65233595

编者的话
大作家与小读者

“我们小时候……”长辈对孩子如是说。接下去，他们会说他们小时候没有什么，他们小时候不敢怎样，他们小时候还能看见什么，他们小时候梦想什么……翻开这套书，如同翻看一本本珍贵的童年老照片。老照片已经泛黄，或者折了角，每一张照片讲述一个故事，折射一个时代。

很少人会记得小时候读过的那些应景课文，但是课本里大作家的往事回忆却深藏在我们脑海的某一个角落里。朱自清父亲的背影、鲁迅童年的伙伴闰土、冰心的那盏小橘灯……这些形象因久远而模糊，但是永不磨灭。我们就此认识了一位位作家，走进他们的世界，学着从生活平淡的细节中捕捉永恒的瞬间，然后也许会步入文学的殿堂。

王安忆说：“历史是胜利者的历史，记忆也是，谁的记忆谁有发言权，谁让是我来记忆这一切呢？那些沙砾似的小孩子，他们的形状只得湮灭在大人物的阴影之下了。可他们还是摇曳着气流，在某种程度上，修改与描画着他人记忆的图景。”如果王安忆没有弄堂里的童年，忽视了“那些沙砾似的小孩子”，就可能没有《长恨歌》这部上海的记忆，我们的文学史上或许就少了一部上海史诗。儿时用心灵观察、体验到的一切可以受用一生。如苏童所言，“童年的记忆非常遥远却又非常清晰”。普鲁斯特小时候在姨妈家吃的玛德莱娜小甜点的味道打开了他记忆的闸门，由此产生了三千多页的长篇巨著《追寻逝去的时光》。苏童因为对儿时空气中飘浮的“那种樟脑丸的气味”和雨点落在青瓦上“清脆的铃铛般的敲击声”记忆犹新，因为对苏州百年老街上店铺柜台里外的各色人等怀有温情，他日后的“香椿树街”系列才有声有色。汤圆、蚕豆、当甘蔗啃的玉米秸……儿时可怜的零食留给毕飞宇的却是分享的滋味，江南草房子和大地的气息更一路伴随他的写作生涯。迟子建恋恋不忘儿时夏日晚饭时的袅袅蚊烟，“为那股亲切而熟悉的气息的远去而深深地怅惘着”，她的作品中常常飘浮着一缕缕怀旧的氤氲。

什么样的童年是美好的？生长于上世纪六十年代、七十年代动乱时期的中国父母们很难回答这个问题。他们中的大多数人没有团花似锦的童年。“在漫长的童年时光里，我不记得童话、糖果、游戏和来自大人的过分的溺爱，我记得的是清苦，记得一盏十五瓦的黯淡的灯泡照耀着我们的家，潮湿的未浇水泥的砖地，简陋的散发着霉味的家具……”苏童的童年印象很多人并不陌生。但是清贫和孤寂却不等于心灵贫乏和空虚，不等于没有情趣。儿童时代最温馨的记忆是玩过什么。那个时代玩具几乎是奢侈品，娱乐几乎被等同于奢靡。但是大自然却能给孩子们提供很多玩耍的场所和玩物。毕飞宇和小伙伴们不定期地举行“桑树会议”，每个屁孩在一棵桑树上找到自己的枝头坐下颤悠着，做出他们的“重大决策”。辫子姐姐的宝贝玩具是蚕宝宝的“大卧房”，半夜开灯看着盒子里“厚厚一层绒布上一些小小的生命在动，细细的，像一段段没有光泽的白棉线。我蹲在那里，看蚕宝宝吃桑叶。好几条蚕宝宝伸直了身体，对准一片叶子发动‘进攻’。叶子边有趣地一点点凹进去，弯成一道波浪形”。那份甜蜜赛过今天女孩子们抱着芭比娃娃过家家。

最热闹的大概要数画家黄永玉一家了，用他女儿黑妮的话说，“我们家好比一艘载着动物的诺亚方舟，由妈妈把舵。跟妈妈一起过日子的不光是爸爸和后来添的我们俩，还分期、分段捎带着小猫大白、荷兰猪土彼得、麻鸭无事忙、小鸡玛瑙、金花鼠米米、喜鹊喳喳、猫黄老闷儿、猴伊沃、猫菲菲、变色龙克莱玛、狗基诺和绿毛龟六绒”，这家人竟然还从森林里带回家一只小黑熊。这艘大船的掌舵人张梅溪女士让我们见识了上世纪五十年代的小兴安岭，带我们走进森林动物世界。

物质匮乏意味着等待、期盼。比如等着吃到一块点心，梦想得到一个玩具，盼着看一场电影。哀莫大于心死，祈望虽然难耐，却不会使人麻木。渴望中的孩子听觉、嗅觉、视觉和心灵会更敏感。“我的童年是在等待中度过的，我的少年也是在等待中度过的……一次又一次的失望让我拥有了无与伦比的忍受力。我的早熟一定与我的等待和失望有关。在等待的过程中，你内心的内容在疯狂地生长。每一天你都是空虚的，但每一天你都不空虚。”毕飞宇在这样的期待中成长，他一年四季观望着大地变幻着的色彩，贪婪地吸吮着大地的气息，倾听着“泥土在开裂，庄稼在抽穗，流水在浇灌”。没有他少年时在无垠的田野上的守望，就不会有他日后《玉米》《平原》等乡村题材的杰作。

而童年留给迟子建的则是大自然的调色板。她画出了月光下白桦林的静谧、北极光令人战栗的壮美，还有秋霜染过的山峦……她笔下那些背靠绚丽的五花山“弯腰弓背溜土豆”的孩子，让人想起米勒的《拾穗者》。莫奈的一池睡莲虚无缥缈，如诗如乐，凡·高的向日葵激情四射，如奔腾的火焰……可哪个画家又能画出迟子建笔下炊烟的灵性？“炊烟是房屋升起的云朵，是劈柴化成的幽魂。它们经过了火光的历练，又钻过了一段漆黑的烟道，一旦从烟囱中脱颖而出，就带着一种超凡脱俗的气质，宁静、纯洁、轻盈、缥缈。天空无云，它们就是空中的云朵；而有云的日子，它们就是云的长裙下飘逸的流苏。”

所以，毕飞宇说：“如果你的启蒙老师是大自然，你的一生都将幸运。”

作家们没有美化自己的童年，没有渲染贫困，更不是“为赋新词强说愁”，而是从童年记忆中汲取养分，把童年时的心灵感受诉诸笔端。

如今我们用数码相机、iPad、智能手机不假思索地拍下每一处风景、每一个瞬间、每一个表情、每一个角落、每一道佳肴，然后轻轻一点，很豪爽地把很多图像扔进垃圾档。我们的记忆在泛滥，在掉价。几十年后，小读者的孩子看我们的时代，不用瞪着一张张发黄的老照片发呆，遥想当年。他们有太多的色彩斑斓的影像资料，他们要做的是拨开扑朔迷离的光影，筛选记忆。可是，今天的小读者们更要靠父辈们的叙述了解他们的过去。其实，精湛的文本胜过图片，因为你可以知道照片背后的故事。

我们希望，少年读了这套书可以对父辈说："我知道，你们小时候……"我们希望，父母们翻看这套书则可以重温自己的童年，唤醒记忆深处残存的儿时梦想。

我们期待着更多的作家加入进来，为了小读者，激活你们童年的记忆。

童年印象，吉光片羽，隽永而清新。

陈　丰

目录

第三章 文学少年

第一章　从九岁开始

从九岁开始

“文化大革命”开始的时候，我刚九岁，上小学二年级。常听人说自己小时候如何，吹嘘童年怎么样，我是个反应迟钝的人，开窍晚，说起来惭愧，九岁以前的事情，能记清楚的竟然没有几桩。很多记忆都是模糊的，一些掌故和段子，经过别人描述以后，才重新植入了我的大脑皮层。

往事经常是别人帮着我一起回忆才想起来。记得有一天课间休息，一位美丽的女同学突然站到了我面前，用很纯真的口气，问我母亲是不是叫什么。我说是呀，她就是我母亲。接下来都不说话，有那么短暂的一小会儿，大家都哑了，然后女同学眼睛一闪一闪地说，昨天晚上她去看戏了，是我母亲主演的《江姐》。

永远也忘不了这位女同学的表情，圆圆的眼睛红润的脸色，让人刻骨铭心。我似乎是从那时候才开始知道事儿，才开始有明确的记忆。那年头，孩子们心目中的明星，不是漂亮的名演员，而是故事中的英雄人物。我们满脑子都是黑白分明的好人坏人，个个崇敬烈士向往革命，人人痛恨叛徒和反革命。看着女同学的羡慕表情，我仿佛真是江姐同志的后人，真是烈士遗孤。也许只是自己有这样的错觉，为了这错觉，我得意了好几天。我觉得那女孩子爱上我了，当然事实的真相应该是，我爱上了那个女孩子。

我的小脑袋瓜里乱七八糟，时间和空间都发生了错位。课堂上读过些什么书，老师在说什么，已经记不清楚，我成天陶醉在革命后代的得意之中，享受着一个烈士遗孤的幸福感觉。母亲的光环笼罩着我，她在舞台上的走红，伴随着我的童年。我的耳边反复回响着“这是谁的儿子”的絮语，她和她所扮演的英雄人物融为一体。母亲的女弟子对我宠爱有加，见了我，谁都会发出一两声惊奇的尖叫。她们抢着抱我，哄我，带我出去玩，往我的口袋里塞糖果，塞各种各样好玩的小玩意儿。

那是个忙乱的年代，我没有多少机会和父母在一起亲近，印象中，他们很少有时间跟我敷衍。英雄人物的光环只是一种错觉，我的父母整日愁眉苦脸，总是处在这样那样的运动之中。负责照看我的保姆，常常为整理他们的行李抱怨，因为父母要不断地出门，要上山下乡，要去工厂煤矿，去社会的各种角落，参加“四清”，参加社会主义教育运动。在还不懂什么叫“体验生活”的时候，我已经先入为主，无数遍地听到了这四个字。

“文化大革命”运动，只是一系列轰轰烈烈的运动中最大最漫长的一个。“文化大革命”并不是在某一天突然开始，也不是突然就结束。它像一段源源不断的河流，和过去割不断，和以后分不开。我有意义的记忆，恰恰是从“文化大革命”开始的，它从这里变得清晰起来，成为生命中不可分割的一部分。

也就是在九岁的时候，我突然发现母亲并不是什么英雄人物，她的走红已变成一个巨大的包袱。现实与想象，有着太大距离。那年夏天，大家在院子里乘凉，我听见大人们正用很恐怖的口吻，谈论刚开始发动的“文化大革命”。我们院子里住的都是名人，都是所谓“三名三高”。我从来就没弄明白什么叫“三名三高”，只知道“名演员”和“高级知识分子”这两项。

街上不时传来敲锣打鼓的声音，隐隐地有人在呼喊口号，我听见母亲说，她已经准备好了一双布鞋，革命群众要让她游街示众的话，就穿上布鞋，这样脚底不至于磨出水泡来。我的父亲照例是在一旁不吭声，有一个邻居说谁谁被打折了腿，他们小心翼翼议论着，已预感到大难就要临头。一个个惶惶不可终日，七嘴八舌，最后得出了共同结论，这就是革命群众真冲进来揪人，绝对不能顽抗，要老老实实地跟着走，有罪没罪先承认了再说。

我不明白学校为什么突然可以不上学了。对于一个孩子来说，这可是一件天大的好事，想怎么玩就怎么玩，

永远也忘不了这位女同学的表情，圆圆的眼睛红润的脸色，让人神魂颠倒，让人刻骨铭心。我似乎是从那时候才开始知道事，才开始有明确的记忆。

有一天，我看见满满一面墙，铺天盖地都是我母亲的大字报。仿佛今天街头见到的那种巨幅广告牌一样，我和小伙伴站在大字报前面，显得非常渺小。

天天都跟过节一样。我们的小学成了红卫兵大串联集散地，外地来的红卫兵小将安营扎寨，在教室里打起了地铺，把好端端的学校糟蹋得跟猪圈一样。他们临走的时候，桌子掀翻了，板凳腿卸了下来，电线和灯头都剪了，说是那里面的铜芯可以卖钱。

在我最初的记忆中，那次运动就像是狂欢节，痛痛快快砸烂一切，稀里哗啦打倒一片。这个城市里到处都是外地的孩子，而比我们大一些的本地孩子，也都跑到别的城市去革命串联了。那些兄弟姐妹多的同学，没完没了地向我吹嘘哥哥姐姐们的冒险。外面的世界实在太精彩，我记得当时最痛苦的，就是恨自己岁数太小，因为小，很多好玩而又轰轰烈烈的事情都沾不上边。

在我印象中，“文化大革命”除了革命，没有任何文化。那时候街面上热闹非凡，到处生机勃勃，到处阳光灿烂。最喜欢看的是游街示众，被游街的人戴着纸糊的高帽，胸前挂着牌子，游街队伍敲着小锣，打着小鼓，一路浩浩荡荡地就过来了。我们欢天喜地迎过去，跟着游街的队伍走，走到很远很远的地方，再跟着另一支游街的队伍回来。我已经记不清楚那些被游街者的面孔，甚至也记不清楚他们胸前牌子上写着的字，看上去都差不多，是些什么人在当时就不在乎，现在更没有必要回忆。

我们跑到南京大学去看大字报，看漫画，看毛泽东思想宣传队表演节目。这里是“文化大革命”的中心，各种激烈运动的策源地，是地方就挂着高音喇叭，是地方就有批斗会，没有白天黑夜，没有春夏秋冬。十多年以后，我成为这所大学的一名学生，当时最深刻的印象，就是这个学校怎么变小了。在我记忆中，人山人海的南京大学，广阔得像森林一样无边无际。

我们经常跑到我父母的单位去玩，家属大院与那里只是一墙之隔。有一天，我看见满满一面墙，铺天盖地都是我母亲的大字报，仿佛今天街头见到的那种巨幅广告牌一样。我和小伙伴站在大字报前面，显得非常渺小。母亲的名字被写得歪七扭八，用红墨水打了叉。记得当时自己非常羞愧，恨不得挖个洞，立刻钻到地底下去。小伙伴们津津有味地看着，我逃不是，不逃也不是，硬着头皮在一边陪看。大字报上的内容早记不清楚，只记得说到母亲的不当言论。一起看大字报的小伙伴转过身来，指着我的鼻子申斥：

“你妈怎么可以这么说?”

我不知道母亲为什么要这么说，怎么能这么说。它成为心中的一个秘密，直到“文革”结束，有一次聊天，偶然问起母亲，她大喊冤枉。母亲说：“我是共产党员，你父亲也是，我干吗要这么说呢?”但是她又不得不承认，自己确实是这么说过，至于为什么要这么说，已经记不清了。

流浪之夜

抄家给我留下的记忆太深刻了。一直抄到天快黑，大失所望的造反派才打道回府。除了厨房，所有的房间都被贴上了封条。我的父母就在这一天进了牛棚，保姆也拎着个包裹走了，只留下我孤零零的一个人。我整个地被遗忘了。我的父母把我忘了，造反派也把我忘了。天很快黑了下来，肚子饿得咕咕直叫。我一个人待在宽宽大大的厨房里，真有些害怕，于是便跑到大街上去。

那天晚上，我在大街上流浪了一夜。或许也可以称作是一种出走吧，自记事儿以来，还从未一个人离家这么远过，更没有深夜不归的经历。我为自己生长在这样的反动家庭感到羞愧，决定离开，决定跟与人民为敌的父母彻底决裂。

夜色降临，我不知道自己要去什么地方，身无分文，茫然地在街上走着，哪儿人多就往哪儿去，哪儿好玩便往哪儿钻。这一夜，遇到的稀奇古怪，要一笔一笔说清楚，还真不容易。大街上灯火通明，在市中心的广场上，毛泽东思想宣传队正轮番演出活报剧。给我留下最最深刻记忆的，是一段轻松活泼的天津快板书。在当时，再也没有什么比快板书更适合街头宣传，说书者戴着个大鼻子扮演刘少奇，动不动就来这么一句，“提起了刘少奇，他不是个好东西”。这词非要原汁原味的天津话说起来才有趣，快板噼噼啪啪地响着，听众一边听，一边乐。

不远处，造反派正慷慨激昂辩论，你一句，我一句，没完没了。革命不是请客吃饭，革命就是斗嘴吵架。那时候，大规模武斗还没开始，辩论者唇枪舌剑，不时地听见有人在高喊：“要文斗，不要武斗!”文斗就是讲道理，可是讲着讲着，就都不讲道理了，袖子捋了起来，拳头举了起来。眼看着要打起来，不知怎么的，又突然不打了，双方握手言和，然后又接着与第三方大吵，吵得不可开交。一方说什么好得很，一方就大喊好个屁。广场上“好得很”和“好个屁”此起彼伏，谁都不肯示弱。我一直没弄明白“好得很”和“好个屁”的争论焦点是什么，“好得很”这一派后来被称为“好”派，它的对立面就成了“屁”派，“好”派“屁”派是南京两大造反组织，都出了一些了不得的大人物。

漫长的一夜可以分成两部分，上半夜都和革命有直接的关系，下半夜与革命就有些距离。随着夜越来越深，耍猴的，卖狗皮膏药的，要饭的，都形迹可疑地冒了出来。耍猴的一个劲儿数落一只老实巴交的猴子，就像教训自己的孩子一样，好几个大人围在一旁津津有味地看着，边看边笑。卖狗皮膏药的开始推销自制的肥皂，吹得天花乱坠，把机油和泥土往一块白布上揉，然后现场清洗给观众看，引得看的人赞叹不已。要饭的在数自己挣的钱，把硬币一枚枚摊在空旷的台阶上，数了一遍又一遍。

重新回忆这一夜，总有一种荒诞之感，连我自己都觉得它不真实，然而又确确实实都是亲眼所见。一群小流浪汉合起伙来，不费吹灰之力，就骗走了我脚上的新塑料凉鞋。他们是我新结识的伙伴，我们一起在广场上玩，从东窜到西，又从南玩到北，很快变成无话不说的小战友。夜深人静，广场上的人群渐渐散去，喧嚣的热闹劲儿过去了，我仿佛找到了组织，自然而然地成为他们中的一员。

这伙小流浪汉郑重其事地接纳了我，开始天花乱坠地哄我，哄得我这个九岁的孩子心旷神怡，对未来产生了太多美好想象。五颜六色的肥皂泡在空中飞舞，我很轻易地就相信了他们的许诺，相信他们真能带我去北京，去见伟大领袖毛主席。为首的家伙是个瘸子，是个能说会道的语言天才，他自称是老红军的后代，曾经被毛主席亲自接见过，还跟他老人家握过手。

我对这家伙的故事深信不疑，他说的每一句话都能打动我，说什么我都敬若神明。最后他对我下达命令，让我像其他的小流浪汉一样，在一家银行门前的大平台上躺下来睡觉，他让我把凉鞋脱下来，当做枕头垫在脑袋底下，理由是这样不容易被偷走。

我困意蒙眬地当真把塑料凉鞋脱了下来，搁在脑袋下面，美美地进入了梦乡。在蜜一样的梦中，我梦到自己和成年的红卫兵一样，跋山涉水，终于到了世界革命的中心，见到了人们心中最红最红的红太阳毛主席。人山人海，一片欢呼声，我的鞋子被挤掉了，大家都赤着脚向前拥去，一直冲到了最前面，街面上到处躺着被挤掉的各式各样的鞋子。

醒过来的时候天已经大亮。一时间我不明白自己怎么会躺在大街上。我已从平台的这一头滚到了另一头。我的鞋没有了，我的那些新结识的流浪汉小战友也无影无踪了。

醒过来的时候天已经大亮。一时间我不明白自己怎么会躺在大街上。我已从平台的这一头滚到了另一头。我的鞋没有了，我的那些新结识的流浪汉小战友也无影无踪。

小时候做过的最早的游戏，就是到书橱前去寻找已经认识的字。祖父留给父亲的高大书橱，把一面墙堵得严严实实。这面由书砌成的墙，成了我童年时代最先面对的世界。

纪念父亲

我对父亲的最初印象，是他将我扛在肩上，往幼儿园送。我从小是个胆小内向的孩子，记得自己总是拼命哭，拼命哭，不肯去幼儿园。每当走到那条熟悉的胡同口，我便有一种世界末日来临的恐惧。父亲将我扛肩上兜圈子，他给我买了冰棍，东走西转，仿佛进行一项很有趣的游戏，不知不觉地绕到了幼儿园门口。等到我哇哇大哭之际，他已冲锋似的闯进幼儿园，将我往老师手里一抛，掉头仓皇而去。

父亲不止一次说过，觉得我这个儿子和亲生的没什么两样。他知道这是我们之间一个永恒的遗憾，毕竟血缘关系永远都不可能改变。我很偶然地从一张小照片上知道自己本姓郑，叫郑生南，照片上的那个小男孩最多只有一岁，这个名字说明我出生在南京。

我很小就开始识字了，在认识方块字这一点上，似乎有些早熟。父亲属于那种永远有童心的人，做了一张张的小卡片，然后在上面写了端端正正的字让我认。那时候他刚从农村劳动改造回来，和他的好朋友方之一起写歌颂大跃进的剧本。写这样的剧本究竟会不会有乐趣，我现在实在想象不出，我只记得父亲和方之常常为教我识字，像小孩子一样哈哈大笑。父亲和方之在1957年，因同一件事被打成了右派，他们内心深处自然有常人所不能体会到的痛苦，但是他们留在我童年记忆中的哈哈大笑，比他们教我认了什么字，印象深刻得多。

我记得父亲和方之老是没完没了地抽香烟。屋子里烟雾腾腾，两个人愁眉苦脸坐在那儿。他们属于那种20世纪50年代典型的热爱写作的书呆子。我小时候是一个公认的乖巧小孩，他们坐那儿挖空心思动脑筋，我便一声不响地坐在他们身后，很有耐心地等他们休息时教我识字。除了害怕上幼儿园，我从来没有哭闹过。我永远是一个害怕陌生喜欢寂寞的小孩。

小时候做过的最早的游戏，就是到书橱前去寻找已经认识的字。祖父留给父亲的高大书橱，把一面墙堵得严严实实。这面由书砌成的墙，成了我童年时代最先面对的世界。父亲和方之绞尽脑汁地写他们的剧本，我孤零零拿着手上的卡片，踮起脚站在书橱前，认认真真核对着。厚厚书脊上的书名像谜语一样吸引住了我，就像正在写的剧本细节缠绕住了父亲和方之一样。

那时候我大概才三岁，有一次大约是发高烧，我在书橱前站了一会儿，不知怎么又回到了小凳子上坐了下来。我经常就这么老实地坐在那儿，因此正在写剧本的父亲丝毫没有意识到异常。现在已经弄不清楚究竟是方之，还是父亲先发现我像螃蟹一样地吐起白沫来，反正当时的样子把他们吓得够呛，他们手忙脚乱不知所措，慌了好一阵子，才想起来去找邻居帮忙。

祠堂小学

我在农村念过两年小学，其中有大半年是在村祠堂小学度过。祠堂小学顾名思义，是一座极小的祠堂改建的。就一间教室，一个老师，门口挖了个坑，埋上一口大缸，中间隔一块木板算是男女厕所。大约三十名学生，从一年级到三年级，都挤在一个教室里上课。

老师大约三十多岁，胸前挂着哨子，上课下课，十分潇洒地吹几声哨子。他长得很白净，见了大姑娘小媳妇，眼睛顿时发亮，常常忍不住说几句笑话，开一些无伤大雅的玩笑。小学门前是生产队的打谷场，来来往往的人很多。

有一次正上着课，老师的媳妇找来了，把他拉到打谷场上训话，一训就是半天。早过了下课时间，学生们在教室里自然不肯老实，除了不大声喧哗，什么调皮捣蛋的事都敢干。黑板上被涂抹得一塌糊涂，画了只大乌龟，几句标语似的脏话后面跟着好大的感叹号。唯一的一把扫帚和一个铁皮小桶放在了虚掩的门上。老师的媳妇火冒三丈，训起话来没完没了，老师一头一脸低头认罪的模样，正在教室里的学生早被他忘到九霄云外。

做好的圈套迟迟派不上用场，等得不耐烦的学生黔驴技穷，终于大叫：

“老师，我们肚子饿了。”

老师好像突然想到什么似的奔过来，一边吹哨子，一边往教室里冲。铁皮小桶咚的一声砸在地上，那把扫帚非常准确地落在他头上。所有的学生快活地大笑，老师年轻漂亮的媳妇也笑，老师一边生气，一边也乐呵呵地傻笑。

我那时仍然算是三年级的学生。当时正是“文革”

最激烈的年头，我父母在同一天里双双进了牛棚，转眼间我成了无人管教的野孩子，便避难到了农村的外祖母家。既然是避难，也顾不上许多。三年级是祠堂小学的最高学历，于是我不得不做留级生，屈尊再读三年级。

上课要教的内容我似乎都懂。老师同时给不同年级的学生上课，一年级做算术，二年级写毛笔字，三年级大声地朗读课文。教室里永远乱糟糟，永远生气勃勃。老师仿佛是乐队的指挥，眼观六路耳听八方，有条不紊地安排着一切。祠堂小学没什么太较真的事，出点小差错也无妨。老师严格起来，学生随便笑一笑他都会发火，马虎的话，学生上课时，跑出去撒尿拉屎也没关系。常常有学生很潇洒地从本子上撕下一张纸来，急匆匆跑出去，光天化日之下，屁股撅得老高，大模大样地在离教室不远的茅坑里方便。

教室里的学生叫道："喂，你屁股都让人看到了！"

那边不服气地说：

"看到就看到，你又不是没有。"

有时老师上着课，心血来潮，便把我叫到侧面的厢房里。那是老师简陋的办公室，放着一张课桌、一把椅子，桌上堆着作业本，放着一盏油灯。老师将作业本往边上挪挪，摊开了象棋，拿掉自己的一个车，然后和我厮杀，不杀得只剩下一个光杆司令绝不罢休。有时棋下多了，影响他批改作业，他便一本正经地改出几个样本，指使我依葫芦画瓢，照着他的样子改。他像抢什么似的，不一会儿工夫就把作业改完，火烧火燎地发还给学生，然后接着下棋。

我的棋艺很快有了长进，先是承让一个车，再下来是让马，到了后来，不用让一子，我和老师下棋竟然也互有胜负。老师是小孩脾气，不能输也不能赢，赢了喜欢乘胜追击，轻轻哼着“宜将剩勇追穷寇”，眉飞色舞。输了当然不肯服气，一遍遍重来，脸色沉重地将棋子重新放好，走到教室里，吹吹哨子，喊着“下课了，下课了”。不一会儿再折回来，看着棋盘说：

“好，再来一盘，决一雌雄。”

于是昏天黑地乱杀一气，一直杀到我外祖母找来。

老师终于吃了批评，谁批评了他，我始终不曾知道。

有一天，老师把我叫到办公室，脸色深沉地说：

“我们再下最后一次，以后不下了，省得人家乱说话。”

这一盘棋下了很长时间，临了到底是谁赢了，已经记不清。我记得最清楚的是，这以后，我再也没和老师下过棋。事实上，我从此也就失去了下象棋的兴趣。

作文一百零五分

我的小学有些不明不白，留过一级，也跳过一级，糊里糊涂地进了中学。小学五年，差不多有一半时间在乡村度过。那时候的江南农村穷得厉害，先读复合班，一个班约三十名学生，从一年级到三年级，你上数学，我上语文，哇啦哇啦乱叫，大家比嗓子，这样的课堂最适合拍电影。

四年级以后去镇上读书，比复合班正规许多，有一个竖在那儿的篮球架，篮球场比教室大不了多少。记忆中，那时候上不上课，无所谓，而语文课教过些什么，现在回想起来，一片混沌。只记得语文老师若有事要走，便用毛笔蘸了水，匆匆在黑板上写几个大字，然后让学生一遍遍临写，写多少遍，看老师离开的时间，有时候，他干脆就不回来了。

语文老师是复员军人，眼睛不大，喜欢老瞪着，个子不高，看人总昂着头。他热爱理发，是替别人忙，谁头发长了，下课休息，立刻揪到走廊上当众剃度。技术一塌糊涂，所有学生的发型都是怪怪的，像是集中营的难民。

有一次作文课，题目是将《七律二首·送瘟神》翻译成白话语体文。我那时大约太寂寞，借题发挥，发挥得特别好，自己觉得也成了伟人，浮想联翩，洋洋洒洒，一口气写了很多。写什么已记不清，就知道很长，口气很大，理直气壮。老师非常满意，不仅满意，甚至有些激动，在课堂上大加称赞，说这种作文可以破格，应该打一百零五分。

据说这“一百零五分”也曾是毛主席他老人家的轶事之一，是他给了别人这分数，还是别人给他打了这么高的分，全忘了，只记得语文老师在讲台上眉飞色舞，两个拳头在空中乱比画，坐前排的女生不停地回头看我。放学路上，有个不是很漂亮的女孩子，主动要和我一起走，回家的路很长，穿过弯弯曲曲的田埂，还要经过一片坟场，差不多走四十分钟。

在农村上小学的时候，我屡屡受人欺负。这次作文课也许是唯一一次有亮色的地方。我对写作文一向没什么兴趣，不喜欢语文课，又不敢不上课。语文老师对我也谈不上什么特殊的关照，他为人多少有些人来疯，风风火火，动不动就激动，想干什么就干什么。我一直想不明白，为什么我的那篇作文，会让他那么兴奋。

那一阵子他正忙着要结婚，新娘子是一个大队干部的女儿，长得很白，大眼睛，小嘴，不爱说话，手不停地撩着又粗又黑的辫子。她曾站在教室外听过一节语文课，课堂纪律一向不好，她像一幅画一样镶在窗框里，害得全班同学老是回头看。

在农村过年

在农村待的这两年多，是“文革”最激烈的年头。父母都关牛棚里，快过年了，我也没别的地方可去。好在农村过年，远比城里有趣。二十多年前的江南农村非常穷，穷有穷的乐趣，譬如穷赌。

人之初，性本善，大约原来人并不坏的，天性里虽然有些顽劣，但是后来变得又刁又恶，变得不可收拾，恐怕还是环境造成的。帝王将相，宁有种乎，流氓恶棍赌徒，想来也不会天生。

那是我最早见到的赌，在“文革”最激烈的年头，这本身就是件荒唐的事。“文革”的特点是到处都能见到革命姿态。人的思想觉悟普遍大幅度提高。那时候最时髦的话是如何活学活用毛泽东思想，人出门，别的东西都敢忘，一本《毛主席语录》却绝不会忘了塞在兜里。

乡下的日子虽然苦，一到过年，总算还能有肉吃。除了吃肉，口袋里装满瓜子花生，哪儿热闹往哪儿钻。乡下人不像城里人，大门永远是敞开的，有点儿事立刻到处传。突然有人说，后村谁家谁家开赌了，消息不胫而走，于是大呼小叫跑去凑热闹。是在推牌九，在一张大八仙桌上，围上好几层的人。我们是小孩，要想挤进去，得用智慧。庄家就是八仙桌的主人，平日里，居然也是学习毛泽东思想的积极分子，一过年便把什么政治都忘了。

输赢不大，当然也不算小，大多都是毛票，以今天的眼光看，实在是小孩子玩玩的把戏。在庄家边上的一位瘦瘦的老头子，捧着一个簸箕，负责出纳。牌一翻开，顿时见分晓。是赔，就赶快发钱，是赚，把桌上的钱忽地一下，统统扫进簸箕。来去极快，还没笑完，哭已经来不及。

我在农村待了不过一年，已完全是个地道的乡下小孩。拼命地往里挤，好不容易挤进去，弄不好又会当场给轰出来。因此要站，一定识相地站赢家的身边。心情好的赢家会像菩萨，钱多了往地下掉，我们赶紧屁颠颠去捡。效劳的次数多了，赢家就会赏一张或两张毛票当小费。

小费一到手，转眼变成我们的赌资，无师自通老气横秋地押上去。刚开始总能赢，一毛两毛翻一倍翻两倍，变本加厉。心里洋溢着甜滋滋的发财的喜悦，眼睛一眨，发现自己可怜得连本都赔了。于是仍然耐心等待，看有没有赢家再把钱往地下掉，心里盘算怎么样才能东山再起。

结局当然一样。都觉得自己不应该输，结果都没赢。小孩如此，大人更如此。赢钱的肯定是庄家，小小捞了一把。那时候都说要过一个革命化的春节，然而农村的春节，缺了赌，便仿佛少了许多乐趣。事实上，虽然谁都想赢，可输的人还是高高兴兴，因为毕竟是过年。过年不破费，似乎不叫过年。

那年头大人没多少钱赌，小孩更没钱。赌只是人们突然有人说，后村谁家谁家开赌了，消息不胫而走，于是大呼小叫跑去凑热闹。是推牌九，在一张大八仙桌上，围上好几层的人。我们是小孩，要想挤进去，得用智慧。

在农村的两年多，我一直是和外祖母睡一个房间，就在我的枕头边，竖着一具为外祖母准备的棺材。深更半夜，我醒过来时，常常不敢睁开眼睛。

过年时，随口哼哼的小曲。我们受大人影响，用瓦片磨成骰子，也一本正经地摆开阵来。我们赌的是草，用来喂羊喂兔子的草。那时候在农村，凡是有小孩的人家，不是养只羊，便是养对兔子。天寒地冻，野外割草是一件很不容易的事。我们成群结队地到处乱转，很艰难地每人有了半箩筐草，便围成一团大赌特赌。筹码自然就是草，抓把草放在面前，算是赌注。庄轮流坐，一样很热闹。

还是输的时候多，玩着玩着，就把那时间给玩忘了。天说黑就黑下来，家里羊还等着吃草。割的那点草已输光了，于是胡乱在麦地里割点麦子，菜地里挖几棵菜，向赢家赊一把草撒在箩筐的表面，偷偷溜回家去。

因为偷割麦子和菜，常常受到外祖母的训斥，外祖母常说，若是被抓到了，让人剥去衣服，活该，她绝对不会去赎我。当时已经有过偷割麦子而被人剥去衣服的事例。兔子不吃窝边草，我们割的都是邻近生产队的麦子，偷的菜，也不是熟悉人家的自留地，因此真叫人抓住了，除了挨揍，身上稍稍有点儿像样的衣服，确有被剥去的危险。

恐怖之夜

仍然是在乡下过年。

乡下人过年，新年期间要走亲戚。那是在乡下过的第二个年，上海姨妈带着三个小孩来，正赶上下大雪。在农村还有一个姨妈，离外祖母家有十几里路。上海姨妈和外祖母一家都去了那个在农村的姨妈家。

去的时候是倾巢出动，因为外祖母家没有留人看家，于是临时决定，由我赶回去看家。下雪天，农村的泥泞路特别难走。我在四里路外的镇上小学上学，已经走惯了这种泥泞路，因此丝毫也不在乎，我担心的是自己晚上一个人睡觉有些害怕。

我从小就是个胆小的孩子，即使是到现在，我的胆子依然还不够大。在农村的两年多，我一直是和外祖母睡一个房间，就在我的枕头边，竖着一具为外祖母准备的棺材。深更半夜，我醒过来时，常常不敢睁开眼睛。我始终觉得棺材是一个让人害怕的玩意儿。它给人造成的恐惧，并不亚于躺在那里的一具尸体。

外祖母明知道我害怕，平时我若是不听话，她便用让我一个人睡在小房间里来吓唬我。这次让我一个人回去看家，她知道有些为难我，说要是真害怕，就到村上去随便找个什么人陪一陪。

雪很大，我那时候才十一岁，可是我觉得自己已经是个大孩子了。当时最为难的是要走过一片墓地，农村的坟很多，单独的还不怎么觉得害怕，集中了那么一大片，便有些瘆人。记得走进那片墓地时，我心里全是对外祖母的怨恨，她为什么要这样对待我，难道就因为我不是她的亲外孙。

十几里路很快就走完，我回到村上，没去自己家，先到对门的李家，找到一个叫阿兴的小伙子，问他晚上愿意不愿意陪我睡觉。阿兴好像有什么心思，犹豫了一下，说：

“你先回去吧，我待会儿来。”

这天晚上，阿兴很晚才来。在他没来以前，我一直在担心，他如果不来，又会怎么样。天早就黑了，点了油灯以后，风从门缝里吹进来，灯苗跳过来跳过去。我知道如果阿兴不来，自己也许一夜都不会合眼。明知道不可能有鬼的，可平时听到的鬼故事，到了这一刻全部复活。我一个人坐在门口哆嗦，一直等到阿兴来敲门。

阿兴已到了该结婚的年龄。他是那种有文化的农村人。人长得很漂亮。他家弟兄三个，个个都称得上美男子。因为是外来户，他家住的房也是租人家的，弟兄三个都到了娶媳妇的岁数，却因为没房子不能结婚。我觉得像阿兴这样的人，应该娶村上最漂亮的一个姑娘，那姑娘是大队书记的女儿，是宣传队的积极分子。

一段时间内，他们的关系似乎非常好，他们常在一起排演自编自导的节目。村上已经有了关于他们的议论，风言风语，说得有鼻子有眼。大队书记的女儿很快嫁到了别的村上。阿兴痛苦了很长时间，后来跟一位很难看、但是心地很好的本村姑娘结了婚。如今的江南农村富得流油，阿兴弟兄三人每人盖了栋楼房，富丽堂皇，省委书记也不过只能住这样的房子。

真的是没法想象，阿兴那天晚上不来，我会吓成什么样子。那天晚上是我一生中经过的最恐怖的夜晚之一。我生来胆子小，却又生来怕求人。我知道我不会再去叫阿兴。如果他真的不来，那只能算我倒霉。所以去叫阿兴陪我，是觉得他是我的一个大朋友，他喜欢我，我也喜欢他。我喜欢他，是因为他从来不歧视我的身份，他没有因为我父母落难就把我看成狗崽子。他喜欢我，是因为他觉得我是一个城里来的孩子，对于一个农村青年来说，一个城里来的孩子，能触动他很多美丽的幻想。城里毕竟是每一个乡下人心目中的天堂。

阿兴那天很晚才来，他愁眉苦脸，做出若无其事的样子，和我睡在一个被窝里，说了大半夜话。他让我描述城里的街道，抽水马桶和长着辫子的电车。那天的雪大极了，天窗上白白的一大块，好像是月光似的，把小屋照得仿佛白天一样亮。阿兴不断地让我说，甚至我都睡着了，还把我弄醒了，让我继续往下说。

大队书记的女儿就是在那年新年里结婚的。现在回想起来，那个大雪之夜，一个十一岁的孤独孩子，一个失恋的农村青年，睡在一个被窝里，那情景真是太让人难忘。

狗的回忆

我们那时候在农村，最羡慕的就是知青。知青不过是公子落难小姐遭殃，不管怎么说，在乡下人眼里依然还是公子，还是小姐。知青比乡下人穿得好，知道的事多，而且打骨子眼里看不起乡下人。快过年了，知青十分兴奋，因为回城的日子就要来临。

知青在农村也是偷鸡摸狗的好手，和土生土长的农村青年比起来，知青不仅会运用大脑，而且更接近“流氓无产阶级”。光脚的不怕穿鞋的，当地的农民都不太敢招惹知青。那时候乡下的羊便宜，几块钱就可以买一只不小的羊。冬至刚过，知青领头，和村上的小伙子一起，动不动就去买只羊回来开荤。羊买回来了，杀了剥皮，然后扔在开水锅里煮，一煮就是一大锅，抓把盐扔下去，吃的时候再加上新切的蒜叶，香味可以传出去很远。

有一年过年，几位知青没回城，相约在农村过一个革命化的春节。由于羊已经吃腻了，突然想到了要吃狗肉。那年头，农村的狗也是稀罕之物，人的粮食都不够吃，谁还高兴养狗。想吃狗，首先得出去寻找。邻村的狗本来是很容易骗来的，如果是在平时，扔几块面饼，就可以成功。可是一到过年期间，狗大约是有东西吃了，你把饼扔过去，它照样吃，可就是死活不跟你走。

于是只好回来吃窝边草，生产队里养了一条狗，也不知当年从哪里捡来的，饿得全身都是骨头。和今天时髦的身价百倍的名犬相比，同样是畜生，那狗可真是太贱了。如今我的一位朋友养了一条小狮子狗，每天带去上班，上班的第一件事，就是让伙计到对面馆子里买一客蟹黄包，蟹黄包买回来，主人吃皮，馅喂给那狮子狗吃。可怜我刚刚提到的那条生产队养的狗，只要是能吃的，什么都吃。我敢说它自出生以后，从来就没吃饱过。它永远是在为吃奔波，成天东家西家地乱窜，人家吃饭了，它就可怜巴巴在一旁看，偶尔能吃一块肉骨头，那真是过年了。

谁家的孩子拉屎，它只要是遇上了，一定虎视眈眈地守在旁边。狗行千里吃屎，眼见为实，这条狗可真是把屎当作了好东西。

如今回想起来，把这么一条瘦骨嶙峋的狗吃掉，真有点让人感到恶心。这条狗谈不上有什么功德。那年头农村的日子太穷，没听说过有什么外来的贼。生产队养了一条狗，养了也就养了，用不到它替谁看家。见了谁，都讨好地摇头摆尾，见了陌生人，它也会张牙舞爪地叫，虽然瘦，在我们的带领下，一样把邻村那条比它大出许多的狗撕咬得落花流水。

把这条狗偷偷地吃了实在太容易。大过年的，到处喜气洋洋，没人注意到狗失踪。狗肉可以成为佳肴，但是也不知是佐料不对，还是狗太瘦了，他们满满地煮了一大锅，却吃了极少的一点点后，便在后门口挖一个坑掩埋了。

桥之一

江南的桥数不胜数，小桥流水人家，人从桥上走，水自桥下流，一切都很平常。春城三百七十桥，夹岸朱楼隔柳条。童年记忆中，桥和平地差不多，桥连着路，路接着桥，人俯在桥栏上，孩子气地往河里吐口水。记忆中的桥面上都很干净，那水也不像今天这么肮脏，小孩子站在桥上，除了吐口水，想不出还能干别的什么事。

第一次对桥有深刻印象，是“文化大革命”刚开始，一个大些的小男孩，十分神秘地问我们，能不能找到一条路，不经过桥，就能抵达夫子庙。这问题引起了好奇春城三百七十桥，夹岸朱楼隔柳条。童年记忆中，桥和平地差不多，桥连着路，路接着桥，人俯在桥栏上，孩子气地往河里吐口水。

记得八十年代初期，秦淮河排水清淤泥，几个喜欢收藏的朋友闻讯，赶过去淘换宝贝，高高地卷起裤腿，光着脚跳下河，从几尺厚的淤泥中，搜寻前人留下来的文物。

心，充满了挑战意味，我们因此逃学，走了差不多整整一天，遇到桥就绕路，没有路便回头，脚底下磨出了水泡，小腿肚开始抽筋。通往夫子庙有很多条路，大路小路、柏油路、水泥路，还有那鹅卵石铺的路，所有的路都踩遍了，终于得到答案，不过桥，只能隔岸观望。

我们用同样的问题问别的孩子，问那些什么事都已明白的大人。得到的答案大同小异，所有刚听到这问题的成年人，都不相信不过桥就到不了夫子庙。没有人相信我们能把所有的路都走完，一个上年纪的老人说我们是胡说八道，一起探路的小男孩则被母亲用鞋底狠狠地打屁股，理由是外面这么乱，冒冒失失乱闯，天知道会闯下什么祸。我们成了一群说谎的孩子，大家都觉得这些孩子太天真了，夫子庙又不是孤岛，它就在市中心，有那么多条路，又是大家经常要去的地方，有的人甚至天天从那儿走。

经常去，天天走，临了，对自己是不是过桥这么简单的小问题，却不得不产生怀疑。可笑的是，大人常常不愿意在小孩子面前承认自己的无知。大人总是对的，即使错了也是对。那时候不知道去找地图看，也许拿张地图出来，大家立刻无话可说。很长时间里，我们的小脑袋瓜总被这问题纠缠，我是个信心不足的孩子，更多的时候宁愿相信自己错了。虽然那条路根本不存在，然而我还是怀疑，也许有条秘密的通道被我们漏了过去，这条路直通夫子庙，用不着经过任何一座桥。

桥之二

在农村的外祖母家上小学，学校建在河坡上，有座窄窄的木桥，在小孩子眼里算是很高，有点危险，人在上面走，能听见叽叽咔咔的摇晃声。

夏天到了，一下课，差不多所有的男孩，都脱了短裤，光着屁股争先恐后地往河里跳。我是个城市里的小孩，刚开始在众目睽睽之下，真有些不好意思。当时的情形是，大家已经光屁股了，如果你还穿条游泳裤，反而显得有些怪。在农村，不仅是小男孩，就是大人下河也是光屁股。

唯一的例外是我们的语文老师，他是个复员军人，当过兵的，讲究文明，记得当时有人讥笑他，说：

“你又没两个那东西，怕谁看呀！”

乡下孩子游泳，清一色的狗刨式，就听见扑通扑通的水声，扑腾了半天，人却前进不了多少。我比所有的乡下小孩都游得快，三十多米的河面，我游到头了，那些乡下孩子，至多才游到一半。

桥上有几个女孩子在看我们戏水，因为有女孩子看着，我越游越快。乡下的小孩比不了速度，就和我比胆大，比谁敢从高高的桥上往下跳。那桥确实有些高，刚开始，谁也不敢跳，大家胆战心惊地翻过桥栏杆，做出要跳的模样，比画了半天，不敢撒手，一撒手，人就会掉下去。

女孩子们在一旁叽叽喳喳地看着，终于有个叫和尚的调皮蛋，一不小心，像下饺子似的，平躺着掉了下去，“嘭”的一声，溅起很高的水花。女孩子一片声地惊叫，站在桥栏外面的小男孩，不约而同赶紧翻过栏杆，回到安全的桥面上，扶着栏杆往桥下看。这时候，和尚已经冒出了水面，这一摔，胆子摔大了，湿漉漉地重新回到桥上，越过栏杆，二话不说又往下跳。

和尚是第一个敢从桥上往河里跳的小男孩，刚开始，就他一个人敢这么做。渐渐地，敢从桥上往下跳的孩子多起来。我几次下狠心，闭上眼睛想往下跳，就是不肯最后撒手。同伴们跑过来推我，扳我的手指，用最难听的话刺我，最后还是没敢跳。

不敢从高高的桥上跳下去，说穿了，是心理障碍，很后悔自己当初的胆小。直到现在，胆怯仍然伴随着我，当时咬咬牙，真跳下去，后来的情况会完全不一样。有些事，小时候不敢做，长大了，更不敢。如今，我可以在水里不间断地游一个小时，但是让我从游泳池边往下跳，仍然会有一种由衷的害怕。

桥之三

与外祖母家隔河相望的村子，叫河东村。至今不知道这村叫什么名字，只有外祖母村上的人才会这么叫。人家是河东，自己这边自然是河西了。河东河西共一个老祖宗，都姓姚，姚家祠堂在河西村，当时是“文化大革命”，也没什么祭祖宗一说，祠堂改成了小学，印象中，两个村子的感情一直不太好。

一条小河将两个村子隔开了，一座桥又将两个村子连起来。这座桥大家都叫它“乌龟桥”，不知道为什么取这么一个名字，怀疑有讹错，也许是“五归桥”，或“吾归桥”。

两个村上的孩子常常隔河对扔土块，一边扔，一边拣最下流的话骂。有时候已是成人的小伙子，也会加入这种无聊的干仗。河东村有个屠户，养了一条狗，那狗因为经常有肉骨头填肚子，毛色光亮，见生人就叫，就想咬。河西村的人往东去走亲戚，必定经过河东村，那狗也坏，成群结队的人走过，只是吠，遇上单个儿的胆小的，咬牙切齿地便要扑过来。

河西村的人恨透了这条狗，算计着想把它打死了吃肉。那狗有灵性，知道有人想吃它，任你怎么哄都不过桥。河东村的人往西走，也会遇上同样麻烦，河西村上养了条狗，虽然瘦，见了河东村的人就凶神恶煞。河东村的一个小伙子，和河西村的一个姑娘偷偷好上了，两人在桥下的桑树林里上演了一场《罗密欧与朱丽叶》，姑娘肚子说大就大了，于是也顾不上同姓不能结婚的祖训，匆匆办了喜事。可惜好景不长，婚后并不幸福，尽管只隔一条河，姑娘再也不愿意回娘家，而且和丈夫也一点儿不恩爱。

连接两个村子的桥年久失修，常常会有人掉下去。好在河也不深，出了几回事，都是有惊无险，没死人。一个小脚老太掉到了河里，一个挺着大肚子的孕妇也掉到了河里，恰巧都有人在一旁看到，刚栽下去，便被救了起来。我在农村待了两年多，耳边屡屡响起大人的叮嘱：

“过桥小心，别掉到河里去!”

桥是交通的必由之路，至今我仍然不明白，为什么不齐心合力把那桥修好。记忆中，有很多闲散的日子，憨厚的年轻人在墙角里晒太阳，没完没了地打扑克，花很大的气力搭“忠”字牌楼，就是不肯去修桥。当年总以为修桥是一件很了不得的事情，后来我才知道，那桥真要修，一点儿也不困难。

流水之一

上中学时，有一次看见一位居民，从门前的秦淮河里捞起条金鱼。很大的一条，可能是别人放养，也可能是野生的，反正那鱼的颜色，和一般的缸养金鱼不一样，是青色，大尾巴。捞起这条金鱼的人，把鱼放在一个大木脚盆里养着，不少人围着看，纷纷猜测这鱼的来头。连续很多天，我们放学路上的一个重要内容，就是去看那条鱼还在不在。那人想把这条大金鱼卖了，可是一直没有买主。

那年头，若有人举着一根鱼竿，在秦淮河边钓鱼，不能算是发疯。秦淮河里确实有鱼，不仅有鱼，还有小虾。孩子们在河边玩耍，手疾眼快，用捞鱼虫的小网兜迅速出击，便能有所收获。关于流水的概念，我其实到了很久以后，才逐渐明朗起来。童年的记忆中，河水永远在流，这和现在见到的情况完全不同。小时候见到的都是活水，不像现在，动不动就是臭水潭。

小桥流水人家，是典型的江南特色。记得 80 年代初期，秦淮河排水清淤泥，几个喜欢收藏的朋友闻讯，赶过去淘宝贝，高高地卷起裤腿，光着脚跳下河，从几尺厚的淤泥中，搜寻前人留下来的文物。忙了几天，把能搜集到的破青瓷碗，有裂纹的花瓶，断的笔架，还算完整的小鼻烟壶，喜气洋洋地都席卷回家。说起来都是有上百年的历史，喜欢古董的朋友就好这个，他们博古架上的供品，有很多好玩意儿其实就是埋在河底的垃圾。过去年代里失意的文人，无所事事的贩夫走卒，得志的和不得意的官僚，未必比今天的人更有环保意识，有什么不要的东西往河里一扔，便完事。

不妨想象一下，河水不流，又会怎么样。壤非壤不高，水非水不流。流水不腐，秦淮河要是不流动，早就不复存在。正是因为有了秦淮河，我们才可能在它的淤泥里，重温历史，抚摸过去。这些年来，人们都在抱怨秦淮河水太臭，污染是原因，水流得不畅更是原因。流水是江南繁华的根本，流水落花春去也，看似无情，却是有情。是流水成全了锦绣春色，江南众多的河道，犹如人躯体上的毛细血管，有了流水，江南也就有了生命，就有了无穷无尽的活力。

流水之二

“昨夜月明江上梦，逆随潮水到秦淮”，这是王安石诗中的佳句。如果说水乡纵横交错的河道，是毛细血管，长江就是大动脉。大江滚滚东流去，奔腾到海不复还，古人把百川与大海汇合，比喻为诸侯朝见天子。长江厉害，更厉害的却是大海。因此，江南水乡的人，对潮起潮落会有很特殊的感受。水往低处流，长江下游，受到潮汐的抵挡，水位迅速变化。

以我外祖母家后门口的石码头为例，潮来潮去，一天之内的落差，可以有一两米高。清晨起来，河水已泛滥到了后门口，站在门外稍稍弯腰，就可以舀到水。到了下午，滔滔的河水仿佛脸盆被凿了个洞，水差不多全漏光了，要洗碗洗菜，得一口气走下去许多级台阶才行。

现如今的江南，已很难看到潮起潮落。到处修了闸，水位完全由人工控制。人的日常生活，和潮汐几乎无关。要说这种变化，也不过是近二三十年的事情。我在农村上小学的时候，吃完饭，大人把锅碗瓢盆放在河边的码头上，慢慢地涨潮了，河水漫上来了，到退潮以后，容器里常会有小鱼留下来，慌乱地游着。那鱼是一种永远也长不大的品种，一寸左右，大头，看上去有些像蝌蚪。

水乡的男孩子没有不会捉螃蟹的，秋风响，蟹脚痒。三十年前，江南水乡，到处可以见到螃蟹，河沟里，田埂旁，捉几只螃蟹来下酒，谈不上一点儿奢侈。流水是螃蟹的生命线，水流到哪里，哪里就有螃蟹的足迹。

如今是在梦中，才能重温当年捉螃蟹的情景。要先找螃蟹洞，发现了可疑洞穴，便往里泼水。如果有一道细细的黑线涌出来，说明洞里一定有螃蟹，于是就用一种铁丝做的钩子，伸进去，将那螃蟹活生生地揪出来。这是一种野蛮操作，螃蟹会受伤，受了伤很快会死，死螃蟹绝对不能食用，所以不是吃饭前，一般不用这种下策。

聪明的办法是用草和稀泥和成一团，将洞堵死，然后在旁边做上记号，隔三四个小时再来智取。取时手穿过堵塞物，沿着洞壁慢慢伸进去，抓住螃蟹的脚，另一只手拿开堵塞物，螃蟹也就手到擒来。螃蟹意识到氧气不足的时候，会不得不往洞口爬。

如此捉蟹的方法，关键要掌握好时间，太短了，手刚伸进去，螃蟹还未进入昏迷状态，仍然要往后逃，太长，便会憋死。

流水之三

苏州人嘴里，河与湖发同样的音。这种巧合，反映了江南人对水的看法，在长江下游的人眼里，河与湖没什么太大区别。

我有个亲戚阿文在江南水乡插队当知青，按辈分，比我小一辈，按年龄，却比我大了差不多十岁。他长得非常帅，而且聪明，一转眼，在乡下已经当了五年知青，中学里学过的教材仍然不肯丢，没事就看书，还偷偷自修英语。

他中学学的是俄语，当时中国和苏联关系紧张，原来学的那点儿俄语根本没什么用，基本上忘光了。记得有一次说好了一起去赶集，他兴冲冲借了条船回来，笑着说：

“明天我们一起坐船去，我正好要去接一个人。”

在水乡，船是最重要的交通工具。知青下乡，首先要学的就是摇橹。我曾经尝试过许多次，划不了几下，橹就会掉下来。第二天一大早，阿文打扮得干干净净，扛着一个橹接我来了。那天走了很多路，去镇上的路并不遥远，可是船在镇边上停了一下，就马不停蹄继续赶路。

去镇上只是一个幌子，因此我跟着他坐了整整一天的船，还饿得半死。后来才知道他要去接的人，是个女孩子，是阿文朋友的女朋友。春光明媚，正是菜花开放的季节，菜花金黄，麦苗青翠，天空中飘着大朵大朵的白云。阿文的朋友被推荐上了大学，在大学里学地质，他有个同学生病回乡，便托这位同学带封信给他的女朋友。

我不知道为什么那信要托人带，而不是直接寄，并且要绕个大弯子，由阿文带着她去取。很多事一直也没有弄明白。阿文和女孩子显然很熟，她生得极小巧，皮肤很白，戴个大草帽坐在船头。我至今仍然能记得草帽上的一行红字，“将革命进行到底”，日晒雨浸，字迹已斑驳脱落。

一路上，大家都不说什么话，我觉得很闷，很无聊。终于到了要去的地方，见到了那位同学，在那儿吃了饭。女孩子看完信，似乎有些不太高兴，老是冷笑，笑得莫名其妙。

后来就是回程，先送女孩子。女孩子也是知青，是上海人，回去同样没什么话，半路上，她突然开口，冷笑说：

“我们真倒霉，来时逆水，回去，又是逆水。”

船在航行，坐船上的人并不太在意水的流向，经她一提醒，我才注意到水流很急，水面上漂着杂草和浮物，难怪我们的船慢得够呛。

阿文笑着说：“你倒什么霉，吃苦的是我，涨潮落潮全赶上了。”

我们披星戴月，很晚才到家，阿文活生生地摇了一天的橹，却没有一点儿疲劳的样子。整整一天，他都是很兴奋，我当时有种感觉，觉得阿文是有点儿喜欢那女孩子，因为喜欢，所以兴奋。当然只能是喜欢，没什么别的意思，毕竟是他朋友的女友。岁月如流水，许多年过去了，往事不再，据说女孩子后来和一个毫不相干的人结了婚，阿文对这事闭口不谈。

第二章 旧式的情感

失去的老房子

有一个叫江驴子的人，据说是太平天国时期专门替天朝养驴子的。太平天国灭亡以后，江驴子不知靠什么办法，谋得一小笔横财，使他不仅躲过了杀身之祸，而且在风头过去之后，替自己盖了一片很漂亮的房子。这房子之大，今天的人提到，总是免不了连声感叹。和做过官的人比起来，江驴子算不上什么，但是多少年过去了，他的旧宅却成了一家省级剧团的所在地，一百多号人连同家属都住在这里。

我最初的记忆，就产生在这一片老房子之中。多少年来，我一直不明白，为什么一百多年前一个养驴子的人，他盖的房子会那么大，大得简直就是座庄园。大大小小的房间之多，根本没办法计算。我在江驴子的老房子里，只住过很短的一段时间，当我的记忆变得越来越清晰的时候，我们家搬到了附近的一栋洋楼。我在那里开始上小学，开始经历轰轰烈烈的“文革”，开始上中学，然而江驴子的老房子，一直是我玩儿的地方。我儿时的小朋友几乎全住在那里，我们在一起打游击，讲故事，干一切孩子们所热衷干的事。

在这座一百年前建造的老房子里，仅和我同年的小男孩，就不下十名。大大小小的孩子加起来有几十个。在我读书的年代，由于学习从来就不是件重要的事，老房子里能有这么多的同龄孩子在一起玩儿，实在是一件快乐无比的事。

孩子们太多了，多了就要闹别扭，常常你不理我，我不理他，一会儿和好，一会儿打架，吵个没完。弟弟挨揍了，便回家搬救兵，把哥哥请出来。记忆中，大人很少出来过问小孩子的事，原因大约是都在同一个单位，大家熟悉，不值得为小孩子的事红脸。

老房子里没厕所，家家都用马桶，新新旧旧的马桶，青天白日之下，就搁在大门口。记得过年炸爆竹，调皮的孩子把一串鞭炮拆散了，点着了，往搁在外面晒太阳的马桶里扔，然后盖上马桶盖。这种游戏照例是从大笑开始，到挨骂结束。还是因为没有厕所，孩子们玩着玩着，难免是地方就撒尿，结果老房子凡是个角落，就臭烘烘一股臊味。

老房子有一个很大的园子，在那儿盖了一个剧场，还留下一块不小的草地。孩子们经常在草地上打滚。珍宝岛事件以后，盖防空洞成了一件大事，草地上建起了一个最简易的防空洞。防空洞成了孩子们游戏的好场所，大家想方设法溜进去玩。

老房子里没什么太多的秘密，邻居之间拌嘴，夫妻之间吵架，几乎全是公开的。老房子全是平房，窗户很矮，墙也不厚，声音稍稍大一些，外面都听得见。有一次派出所来抓人，径直往里面走，大家都跑出来看，看见一个老太太被抓走了，说是现行反革命。

老房子里死了人也是件恐怖的事，哭声很轻易地就传得很远，孩子们忍不住要去看热闹，看的时候不怕，看过了后怕，到晚上睡觉便做噩梦。

老房子里长大的孩子们，彼此之间，好像没有产生过什么爱情故事。我的童年和少年时代，男女生之间，都有一种近乎仇恨的敌意。在学校里，男孩女孩不说话，一个大院里住着，也都跟不认识一样。不知不觉都长大了，女孩子先发育，开始懂得打扮。男孩子却躲在一起说悄悄话，说谁的胸鼓了起来。

终于有个不争气的男孩子出了丑，他在公用厨房里，突然鬼迷心窍，抱住了邻居一个女孩子，不分青红皂白，就在人家腮帮上啃了一下。女孩子要比男孩子大两岁，而且也不太漂亮。这事可真有些了不得，那年头还没有电视，许多人都把接吻的“吻”念成“勿”。女孩子触电般怔了半天，猛然如丧考妣大哭起来。

结局自然是那个不争气的男孩子被父母像揍贼一样，痛打一顿。这事一时间成了老房子里最大的新闻，男孩子们都觉得这事挺好玩，也都明白这事最丢脸。和女孩子说话都不对，这么干，搂着女孩就亲，不是已经接近流氓了吗？真没出息。

唱情歌的季节

在过去的年代里，所有的情歌都曾被形容成靡靡之音。字典上对“靡靡”两字的权威解释是：“颓废淫荡，低级趣味。”我读中学的时候，情歌一概被称为“黄歌”，那个时代的年轻人，不但不会哼唱情歌，就是会唱的老一辈，也鸦雀无声噤若寒蝉。唱情歌等于唱“黄歌”，等于是耍流氓，这种最简单的推理，让所有的人都觉得想到爱就是罪过。我的同龄人都是在同一种性禁锢的压抑下成长起来的。随着年龄的增长，班上的男孩子开始说下流话，当然只有那些被称为“坏学生”的人才敢说。

记得那时候公演的外国电影，只有苏联的《列宁在十月》和《列宁在1918》，以及几部阿尔巴尼亚电影。有一部阿尔巴尼亚的儿童片叫《勇敢的米哈依》，其中有个镜头是一群小孩去河里游泳，一个少女只穿着胸罩和三角裤，这个一闪而过的镜头在当时很激动人心。黑暗中不知谁喊了一声，于是一片叽叽喳喳。

《列宁在1918》中有一小段《天鹅湖》舞，有些人买了票，反复看，只要那半分钟的《天鹅湖》一结束，就立刻堂而皇之地退场。在“文革”的后期，唱“黄歌”已成为坏孩子的专利，所谓“黄歌”，也就是20世纪50年代青年人传唱的一些情歌，譬如那首著名的《莫斯科郊外的晚上》。

高中快毕业的那一年，我们在乡下劳动。几乎所有的男孩子都在有声无声地哼唱这首曲子。有个同学会吹口琴，老师不在的时候，便反复地吹奏。据说现在的中学生早恋已很普遍，可是在我们念中学的时候，男女同学都仇人似的不讲话，谁要是无意中提到了一个女孩子的名字，立刻就会被大家瞧不起。多看女孩子一眼也是无耻的，男孩子大都用一种蔑视的姿态，来表示自己对异性天生的爱意。那次在乡下劳动，也许是毕业在即，两位很好看的女同学从我们面前走过时，我们班的一个大胆而且有几分恶名声的男孩子，遥指着其中的一位，忍不住说：

“乖乖，为了她，让我去死，也是愿意的。”

这是我们第一次听到有人如此公开地表达对女孩子的爱意，都很吃惊，以至于没人敢插一句话。大家已习惯表达对女孩子的仇恨，我们为女孩子起绰号，传播那种并不存在的流言蜚语。把穿得好看一些的女孩子，戏称为“女流氓”，并用想象中的男孩子为她们配对。把男孩和女孩相提并论，在当时可以说是奇耻大辱，因此，有一个人如此赤裸裸地表达他的爱意时，在场的所有人反而不作声了。

也许所有的男孩子都暗恋着这个女孩子，也许是因为这个女孩子而想起了别的女孩子。中学生应该不应该早恋这是需要另外讨论的话题，但是所有的男孩子心目中都会有一位女孩子，这是抵赖不掉的。每个人心里都有一首情歌要唱，就是没人敢真唱出来。

还有两个月，我们就要毕业，大家似乎一下子成熟了。许多人都去镇上买了最廉价的香烟来抽，一边抽，一边望着天空想心事。一个男孩子竟然忘情地在女教师面前，唱起了《莫斯科郊外的晚上》。

我的心上人，坐在我身旁，
默默看着我，不声响。
我想对她讲，但又不敢讲。

女老师听了生气了，说你唱什么歌。男孩子说，我唱的是革命歌曲。女老师说，什么革命歌曲，是“黄歌”。男孩子不承认，说自己唱的不是“黄歌”。女老师不容他抵赖，男孩子急了，狡辩说，你怎么知道是“黄歌”，除非你也会唱。女老师说，我的确会唱，但是我没唱。女老师当然会唱这首歌，她是“文革”前的大学生，体育和唱歌都好，性格就像男孩子一样活泼，时间地点身份不一样了，她只能板起脸来训斥自己的学生。

我们同班的同学，有许多人前后在一起念了十年书，竟没有一对男女成为夫妻。高中毕业后，虽然还都在一个城市里住着，见了面，仍然和路人一样陌生。如今到处能听见如泣如诉的情歌，可真正属于我们这代人应该唱情歌的季节，已经无可挽回地结束了。浪漫的岁月，不当一回事就过去了，想起来不能不觉得感伤。前些年，我们的小学同学声势浩大地聚集在一起，搞了一个不小的活动，男男女女坐在一起，匆匆谈起了过去和现状。童年少年时的痕迹在我们脸上已经成了残余，大家都不再年轻，想到那时候不说话的情景，谁心里都在暗暗觉得好笑。

有一年在神农架开笔会，作家池莉女士的一位热心读者，感叹地说："哟，你变多了，十年前你不是这样的。"池莉立刻有些哭笑不得，不知道如何回答才好。这种感叹也引起了当时在场的另一位女作家范小青的感叹，说一个女人怎么禁得起十年的岁月。十年对于一块石头，也许没什么变化，对于金属，也只是厚薄不同的一层锈，可对于人来说，尤其女人来说，实在太可怕。

还是让话题再回到我们那次同学的聚会上，时间自然不是十年，而是几个十年。如花似玉的女孩子现在都成了十足的妇人，虽然成熟也是一种美，然而岁月的洗刷，毕竟谁也阻挡不了。都说美丽的女人经受不起时间考验，事实上，不算漂亮的女人，也一样难逃厄运。让男孩子们朝思暮想的女孩子们已经远去，唱情歌的季节也已一去不返。

玩半导体收音机

我曾经玩过一段时间的半导体收音机，那是在上中学时，刚开始是玩矿石机，后来买了一本薄薄的小册子，根据上面说明，装了个小单管机。我至今还能记得第一次听到播音时的激动。

玩半导体收音机是很容易上瘾的事，首先要有一点儿钱，那时候的家长似乎不懂得要为子女投资，而且好像也不知道应该给孩子零用钱。很长一段时间内，我只是把那个单管机拆了装，装了再拆再装。我把精力都花在了如何缩小体积上面，先是用一个普通的肥皂盒，后来竟然把同样多的零件，都压缩在了一个更小的肥皂盒里，那种小肥皂盒现在已见不到，小得只能放下宾馆里常见的那种小肥皂。

那时候大约是1971年，正是“文革”中期。之所以要强调一下时间，是想说明当时的背景正是“读书无用论”风行之际，我一个中学生能这么做，已经很有些未来可以当大科学家的味道。

因为没钱买耳机、买零件，我便从家里偷书借给同学看，作为交易，同学把一个旧的电话耳机送给我，附带还有一部分半导体元件。改造完了我的小半导体收音机以后，我又开始改造耳机。既然一个小小的肥皂盒都能放下书上说的必须放在大肥皂盒里的零件，为什么我不试试把耳机也压缩成一个小耳塞子呢？我选中的是一个五分钱大小的小塑料盒子，原来是放中药膏的，然后又找了一截老式的旧钢笔的笔管，那种老式的旧钢笔管，在尾部有一个能旋下的一小截，正好可以用来当作塞在耳朵里的塞子。我小心翼翼地将笔管锯开，利用原有的螺纹，在小塑料盒上钻个小孔，把那一小截笔管固定在我曾经玩过一段时间的半导体收音机，那是在上中学时，刚开始是玩矿石机，买了一本薄薄的小册子，根据上面说明，装了个小单管机。我至今还能记得第一次听到播音时的激动。

云对雨，雪对风，晚照对晴空，杨柳绿对杏花红。一来一去，很像是做游戏。在北京，我常常陪祖父去洗澡，祖父泡在浴池里，不时即兴发问，我一边替他擦背，一边挖空心思对答。

上面。

老式的电话耳机里的线圈很大，没办法放进小塑料药盒里。唯一的方法便是自己重新绕线圈。这是一个很费脑筋的事，我失败了许多次，最后才勉强成功。因为没有绕线机，在绕线圈时，必须靠自己心里记数字。那时候要配用的耳机是高阻抗的，和我们今天常见的那种耳塞子完全两回事。反正要绕一个很大的线圈，才鼓鼓囊囊硬塞进小塑料药盒里。

玩半导体收音机的乐趣在于制作，在于自己动手，在于利用不花钱的废旧物品。很多时间都花在设想上。玩半导体收音机，本质上是一种很健康的动脑筋，要挖空心思废寝忘食。真正做好了，其实也就那么一回事。事实上我很难得听半导体收音机，即使是自己吃辛吃苦制造出来的也一样。

“非法买卖”

我还干过一段时间很有趣的“非法买卖”，那就是在摊贩市场上和别人交换半导体元件。十四五岁的时候，我玩半导体完全入了迷。那时候也没钱玩，只能把有限的几个元件，拆了装，装了拆。

后来暑假里去北京，发现当时已插队的堂哥，有足足一大抽屉玩剩的半导体元件。堂哥把这些元件统统给了我，我仿佛一下子挖掘到了一个大宝藏，顿时成了大富翁，那种发自内心深处的喜悦，简直没办法用笔墨来形容。北京表姐夫又送了一个万能电表和电烙铁给我。

这真是如虎添翼，我发觉自己终于有了足够的本钱，可以大大地干一番。单管收音机对我来说已经微不足道，经过了双管机三管机，我又开始装超外差六管半导体收音机。

很快发现元部件不够用，虽然我有一大堆，可总是缺这少那。于是我便像如今黑市上交换邮票一样，揣了一口袋半导体元件，在南京一个很有名的摊贩市场上和别人交换。那时候这是地道的“非法买卖”，常常有戴着红袖章的民兵突然冒出来，逮住了就全部没收。那个年代，农民在集市上卖自己养的鸡和鸡蛋，都属于资本主义的尾巴，我们这些生在红旗下、长在红旗下的少年在街面上倒卖半导体元件，自然有些大逆不道的意思。

做买卖有时候可以无师自通，最初只是用自己多余的元件，去和别人交换有用的元件，很快学乖巧了，知道什么元件是紧俏货，怎么交换划算，怎么不划算。有时候交换的元件，自己当时根本就用不着，但还是先换过来，哪怕是多贴些元件，吃小亏占大便宜，反正紧俏货脱手很容易。

人有时候会自然而然地狡猾起来，在摊贩市场上，倒卖半导体元件的，许多都是成年人，和这些人打交道，你越是表现出自己想要什么，他就越是拼命抬高你所要东西的价钱。在半导体元件中，有许多都是伪劣商品，质量很差。常常兴冲冲带回去了，鼓捣了半天，却发现是坏的，然后再带到摊贩市场，偷偷地换给别人。人学好不容易，学坏几乎不用教。

“非法买卖”的乐趣，也许就在于“非法”。因为常常要注意到戴红袖章的民兵，整个交易过程，都在一种非常紧张的气氛中进行。被抓到的倒霉蛋会被公认为无用。那些民兵有时候会把醒目的红袖章摘下来，放在口袋里，装作也想交换元件的样子，然后突然露出狰狞面目。好在那一阵儿我们也不好好上学，老在摊贩市场上转悠，就那么几位民兵同志，相貌早就刻骨铭心，一看见他们，赶紧把元件放在口袋里藏好了，然后跟在他们后面，兴致勃勃地等着看别人的笑话。

玩照相

1974年高中快毕业，我得到了一台苏联查尔基4型相机。这是托母亲朋友从上海的旧货店淘来的，价格204元。在当时，已是一架很不错的相机，镜头是F2，据说与德国莱卡的某款机型相似。我的堂哥告诉我，这相机搁在50年代，基本上就是顶级产品，因为它的核心技术，它的原材料，都是利用了德国战败的赔款。

以今天的眼光看，它已经算不了什么。在当时，我是说在当时，起码周围的人，没有谁能拿出比这更高档的玩意儿。那年头常见的是一种双镜头反光机，是120

的，镜头只有3.5，只能拍12张照片，不像我的这台135机器，每次可以拍36张，而且因为镜头大，成像效果极好。我的堂哥是摄影爱好者，尤其擅长拍摄人像，他是我的老师，我从他那里学到了最基本的拍摄和冲印技术。

家庭成员和周围的人，成了我拍摄的模特。也许从来就没有真正地拍好过什么照片，可是有一段时间，我耳朵边，常听到有人表扬我的作品。祖父表扬的一句话就是："这张照片不错，我要放到我的相册里。"我在玩照相上花了很多时间，南京新街口有家摄影图片社，那里的放大纸论斤卖，可以买回来自己放大照片，成本要相对便宜许多。

我自制了放大机上光机，自制了闪光灯，用脸盆配制了药水，躲在暗房里，一干就是一个通宵。记不清我拍了多少照片，相对于今天，根本算不上什么，可是在当时，考虑到我小小的年纪，一干活就是一脸盆，一出手就是厚厚一大叠照片，还真有些唬人。

我会摄影的名声很快传了开来，经常有人要我拍照。

我把有限的时间和金钱，投入到了无限的摄影之中。说起来荒唐，那年头拍了那么多照片，现在要想找回当时的痕迹却很困难，除了父母影集留下了一些证据，大多数照片已无处可寻。你为别人拍了照，冲洗放大成照片，把照片给了别人，事情就完了，就结束了。

1976年9月9日，在南京绣球公园，我正为一位电工师傅的儿子拍照，那孩子才三四岁。大广播里说有重要新闻要广播，让大家耐心等待。我们一边拍照，一边等候。终于把一卷胶卷拍完，从树林里走出来，我们听到了毛主席他老人家去世的消息。

难得有闲

没有什么日子比高中毕业等待分配的那段时间更闲。几乎整整一年，我一直待在北京，和祖父生活在一起。上小学之前，我也在北京待过一年，记得那是因为长得又瘦又小，祖父嫌我父母不会带孩子，把我接到北京，好吃好喝地加强营养，结果过了一年，我仍然是又瘦又小，这事后来成了我父母常为自己辩白的笑话。

1974 年是“文革”中相对平静的年头，轰轰烈烈的日子已经过去，许多人都闲着无事可干。祖父常说我们一老一小，是世界上最闲的人。

祖父那一年整八十岁，闲得无聊，全靠写日记写信写毛笔字消磨时间。时间多得真恨不得能拿来当作礼物送人。我和祖父睡在一个房里，当时有三件事最让他满意。第一是陪着他散步。风和日丽，去什么地方不一定，出了大门，出了胡同口，拣最空的公共汽车上去，然后到空旷的地方下车。目的只在活动活动腿脚，有时在郊区的小河边看柳树，有时去北海坐石凳上闻荷叶的清香，有时沿着农展馆旁边的马路走一截。那时候到了农展馆，似乎就算是郊区。

去洗澡向来是祖父生活中的乐事。祖父年纪大了，洗澡没人陪不行，我自然成了最合适的陪同人选。去洗一次澡并不容易，得挤公共汽车，有时还得排队。好在时间富裕，挤公共汽车就挤公共汽车，排队就排队，祖父对我的搓背技术一向赞不绝口。

祖父一段时间内很愿意被人当作摄影的模特儿，我们拍照的胶卷都找他报销。祖父因此有了好多册影集。有时候，翻翻影集也是一种很好的消遣，可以打发掉许多闲暇的时光。到了晚上，我照例要为祖父敲敲背，煞有介事地为他按摩穴位。祖父总是一边连声叫好，一次次表扬和鼓励；一边和我大谈因为翻阅影集而想起的陈年旧事。人世几回伤往事，山形依旧枕寒流。真有些“山僧独在山中老，唯有寒松见少年”的味道。

那时候实在是太闲了，因为闲，我因祸得福，从祖父那得到了许许多多平时不可能得到的东西。那是个畸形的岁月，平安无事就已经非常非常满足。直到“四人帮”粉碎了，大家才都变得忙碌起来。后来祖父梦见我们全家又去了北京，醒来便写了一组诗，和我有关的是这一首：

兆言到，旧例继先时。示尔新增留影册，陪余浴室共淋漓，临睡小床支。

家学渊源

我的旧学实在不怎么样，旧学问是门古老的艺术，离我们越来越远。现在靠写小说混饭吃，辛辛苦苦在格子里填上了字，总算有人愿意看，有人愿意写些小评论。不少评论都提到了我的家学渊源，一位评论家甚至断言我的才能将淹没在传统的阴影中。

真要是如此也是一种幸运，事实上，旧学问在清末达到顶峰，此后便是代代退化，一蟹不如一蟹。这是历史发展的大趋势，谁也改变不了。对于今天的人来说，我祖父可以算是旧学大师，对于把旧学问发展到极致的乾嘉学派，却又是不肖子孙。作为“五四”一代的风云人物，我的祖父一生都在鼓吹新文化。虽然他有极深的古文造诣，能写很不错的旧体诗词，然而从来不主张我们小辈在旧学问上花大功夫。

我唯一得到祖父指点的旧学便是对对子。这是在“文革”期间，我正上初中，有一次，祖父发现我竟然能背出一连串辛弃疾的词，很有些吃惊，便大大地表扬了我一番。我得到了鼓励，顿时感觉良好，下决心要把手头的一本夏承焘先生编的《唐宋词选》全部背下来。那时候正是读书无用的时代，上不上课读不读书都无所谓。

我的祖父也闲着无聊，难得我对旧诗词如此有兴趣，就让我从头开始，学习平平仄仄仄仄平平。方法有点像旧时私塾先生授课，祖父报一个字，我回答一个字。云对雨，雪对风，晚照对晴空，杨柳绿对杏花红。一来一去，很像是做游戏。在北京，我常常陪祖父去洗澡，祖父泡在浴池里，不时即兴发问，我一边替他擦背，一边挖空心思对答。出门散步时也是如此，总是拣人少的地方去，见到什么说什么，一个字两个字，渐渐到了五个字七个字。从来也没到过对答如流的地步，字越多越吃力，但是好歹都能凑合答出来，祖父在这方面特别宽容，说：

“好，有点儿入门了。”

可惜我只是站在旧体诗词的门口，往里面望了几眼，毕竟是处在一个旧诗词已不流行的时代。随着年龄的增长，外国小说更能够吸引我。我开始如狼似虎地阅读19世纪的欧洲小说，数量之大速度之快，连祖父都感到意外。记得当时看内部发行的三岛由纪夫的《丰饶之海》，四大厚本，祖父第一本尚未读完，我已经见缝插针，全部读完了并把故事卖弄给大家听。

祖父嫌我看书太快太马虎，找了两本书让我细读，这两部书是托尔斯泰的《战争与和平》和巴尔扎克的《高老头》。

旧式的情感

二十多年前，纪念祖父诞辰一百周年，我有一点想不明白，为什么人们对整数总是特别有兴趣。莫名其妙，就成了习惯。记得祖父在世时，对生日很看重，可以说是非常看重，尤其“文化大革命”后期，一家老小，都盼过节似的惦记着祖父的生日。是不是整数无所谓，过阴历或阳历也无所谓，快到了，就掰着指头数，算一算还有多少天。

有时候，祖父的生日庆祝，安排在阳历的那天，有时候，却是阴历，关键看大家方便，最好一个休息日，反正灵活机动，哪个日子好，就选哪一天。祖父很喜欢过生日，喜欢那热闹，有一年，阳历和阴历都适合过生日，他老人家便孩子气地宣布，干脆两个生日都过。

想一想也简单，老人乐意过生日，原因是平时太寂寞。老人永远是寂寞的，尤其一个高寿的老人。同时代的人，一个接一个去了，活得越久，意味着越要忍受寂寞煎熬。小辈们一个个相对独立，有了自己的小家，下了乡，去了别的城市，只有老人过生日这个借口，才能让大家理直气壮堂而皇之走到一起。

老人的寂寞往往被我们所忽视。我侄女儿的小学要给解放军写慰问信，没人会写毛笔字，于是我自告奋勇带回来，让祖父给她抄写。差不多相同的日子里，父亲想要什么内部资料，想要那些一时不易得手的马列著作，只要告诉祖父，祖父便会一笔不苟地抄了邮来。有一段时候，问祖父讨字留作纪念的人，渐渐多起来，闲着也是闲着，祖父就挨个地写，唐人的诗、宋人的词、毛主席的教导，一张张地写了，寄出去，直到写烦了，人也太老了，写不动为止。

记得常陪祖父去四站路以外的王伯祥老人家。这是一位比祖父年龄更大的老人，他们从小学时代就是好朋友，相濡以沫，风风雨雨，已经有几十年的友谊。祖父坚持每星期都坐着公共汽车去看他。祖父订了一份大字《参考消息》，王伯祥老人虽然是著名的历史学家、一级研究员，似乎还没有资格订阅，于是祖父便把自己订的报，带去给他看。每次见面大约两个小时，一方郑重其事地还报纸，另一方毕恭毕敬地将新的报纸递过去，然后就喝茶聊天，无主题变奏。

说什么从来不重要。有时候，聊天也是一种寂寞，老人害怕寂寞，同时也最能享受寂寞。明白的老人永远是智者。我不得不承认自己在这些老人的寂寞中，学到了许多东西。我从老派人的聊天中，明白了许多旧式的情感。旧式的情感是人类的结晶，只有当真正失去时，我们才会感到它的珍重。老派的人所看重的那些旧式情感，今天已经不复存在。时过境迁，生活的节奏突然变快了。寂寞成了奢侈品，热闹反而让人感到恐惧。

老人最害怕告别，送君千里，终有一别。祖父晚年，每次和他分手，心里都特别难受。大家都不说话，在房间里耗着，他坐在写字桌前写日记，我站在一边，有报纸，随手捞起一张，胡乱看下去。那时候要说话，也是一些和分别无关的话题，想到哪里是哪里，海阔天空。祖父平时很喜欢和我对话，他常常表扬我，说我小小年纪，知道的事却不少，说我的水平大大地超过了同龄人。

我记得他总是鼓励我多说话，说讲什么并不重要，人有趣了，说什么话，都会有趣。早在还是一个无知的中学生时，我就是一个善于和老人对话的人。我并不知道祖父喜欢听什么，也从来就没有想过这些问题。我曾经真的是觉得自己知道的事多，肚子里学问大，后来才知道那是因为老人的寂寞。

等剃头的时候

小时候，我和小伙伴们最喜欢一起去剃头。人多要排队，我们就坐在长凳上聊天。聊到有趣的地方，剃头师傅对我们大喝一声：“喂，剃不剃？”于是赶紧坐上去，一个被剃头，另一个便在一旁十分专注地看。事先说好了不许捣乱，剃着剃着，半边脑袋低下去一块，被剃的人自己看了滑稽好笑，旁边看的也觉得好笑。剃头师傅火了，恶喝道：“有什么好笑的!”忍住了，想不笑，可是过了一会儿，又笑起来。

剃头师傅是一个胖子，样子凶，其实并不凶。他看着我们长大，动不动就提穿开裆裤时候的事。我们看着他越来越胖，越来越老，不能再剃头，自己也就从少年变成了青少年，变成了青年。到了懂得要臭美的日子，我们开始去稍远一些的理发店，一样地剃，收费却高了许多。

旧书上曾有文武理发店之说。所谓文者，是指吹烫全套现代化；武者，推拿和敲打全身。理发店是让人焕然一新的地方，但也经常会发生一些不干不净的事情。最极端者是带有色情意味的发廊。旧时专为女人做头发的师傅又被叫作吃女人饭的。女人为了烫头发时价格便宜一些，或者为了式样时髦一些，常常不惜打情骂俏。剃头师傅趁机揩油吃豆腐，自然也就在情理之中。

过去理发店常用的对联是，“不教白发催人老，更喜春风满面生”。从理发店里走出去，顿时焕然一新变了个人。尽管不是每次都变得更好，但大多数的人是会满意的。不知道别人是怎么想，反正我每次理发，绝不仅仅是因为头发长。我很愿意把理发理解为一种仪式。很多年以后，每当我开始一篇新小说，或是小说写到一半不顺利的时候，便去理发店。

等剃头的时候，思想往往会很活跃。有很多年，都是去家门口乡下人开的理发店。发型也是多少年一贯制，将就着是小平头就行。人太多，并非过年过节，理发店里也会人满为患。虽然就在家门口，有时候也不得不等上一小时。这一个小时未必就是真的耽误，人闲坐在那里，脑袋却不一定要真的闲着。这时候是大脑思维最为活跃的时刻，用来构思小说，往往会有奇思妙想。有的作家喜欢在咖啡馆里写作，道理其实和在理发店里构思小说一样。毫不相干的人，在你身边说着和你毫不相干的事，你会感到一种局外人的孤独。局外人的孤独，是小说家的摇篮。

我总是会想到小时候，坐在那里等待剃头。剃头店里新来了一个学手艺的女孩，也就十七八岁的样子，长得很漂亮，因为是刚来，只能做下手，为人洗洗头，递递热毛巾。顾客要刮胡子，她便帮人家做前期准备，真要刮胡子，还得是老师傅才行。店里的一位师傅显然是个流氓，四十来岁，他经常走到女孩背后，在她身上捏一把，吓她一大跳。

有一次，女孩正为顾客洗头，这个师傅竟然径直走过去，把手伸进女孩的衣服里，抚摸了几下，动作很快，虽然只是短短的一瞬间，却让我感到非常震惊。他显然觉得我还是个小孩子，看到这一幕也没什么大不了。

时间已经过去几十年，想到当年等剃头的岁月，我总是难忘这么一个细节。

在白马湖学骑自行车

时至今日，有一辆四个轮子的私家车很平常，可是我们当年读中学时，一位同学家有辆自行车，就因为这辆自行车已经属于他了，只有他一个人拥有，几乎整个学校都嫉妒。

那是一辆半新不旧的自行车，害得许多同学都涎着脸讨好它的主人。我的不少同学就是借助这辆自行车学会骑车的，记得同学们排着队，在操场上等待自己的机会。远远地有女同学看着，轮到骑车的男同学骑在车上，挺胸抬头搔首弄姿，故意不朝女同学看。

我生长在一个经济比较宽裕的家庭，父母在我读中学时，从没想到过要为我买一辆自行车。我读小学中学那个年代，贫穷是一种光荣，他们绝不会让自己的孩子先别人一步享受富裕。相反，为了表示和别人家的孩子没区别，甚至都不让我穿高档一点儿的衣服。一直到大学毕业，我才开始穿第一双皮鞋。除了“文革”最糟糕的几年，我们家一直有保姆，为了怕别人知道这一点，不得不告诉同学这是亲戚。小时候，我一直认为有保姆是不对的，保姆是劳动人民，家里有了保姆，便会有资产阶级嫌疑。

我所接受的少年教育，其中最重要的一条，就是不许摆阔。不摆阔，用今天的话来说，就是不要冒富。父亲屡屡教导我，千万别觉得自己和别人不一样。别人还没有的东西，自己别急着有。他似乎不太明白幸福是一种比较，古谚云，富贵不还乡，如锦衣夜行。有阔不摆，有富不冒，过了这村就没这店。如果我在读中学时，就能拥有一辆自行车，那么获得女同学青睐的显然该是我。如今的中学生差不多都骑车，要想有同样效果，非得有一辆小汽车才行。

我是在浙江大学图书馆的过道里学会骑自行车的，仍然是上中学的时候，骑着一辆女式车，沿着长长的过道，东倒西歪，不到两个小时，竟然学会了。记得当时很兴奋，肆无忌惮地在浙江大学的校园里横冲直撞。几天以后，我随着伯母又到了浙江上虞的春晖中学，住在夏丏尊先生的故居里。夏先生和我祖父是老朋友，我的伯母是他的小女儿，我那次有机会去浙江，就是为了去探访著名的春晖中学。

很多年以前，春晖中学聚集了一批文化名人，尽管只是一所普通的中学，而且远离城市，在这教书的，除了夏先生，还有朱自清和朱光潜，还有丰子恺和匡互生。这些一度大名鼎鼎的人物，为了躲避城市生活的喧嚣，都跑到这里来立志教育。教育救国从来就是一个浪漫主义的故事，我们不能以成败论英雄，来肯定或否定这故事。留给后人津津乐道的，是这个风景秀丽的地方，为什么曾经高人雅聚群贤毕至。春晖中学完全可以在中国的教育史上留下一笔，对了，弘一大师的晚晴山房也在这儿。

恐怕很难再找出一所竟然会有这么多大腕级名人当教师的中学。名师出高徒，从春晖中学出来的有名气的学生，谢晋可以算上一个。因为他的缘故，许多片子都以风景秀丽的春晖中学为外景地。“文革”后期的《春苗》，后来的电视连续剧《围城》，便是在这所学校里拍摄。

到达春晖中学的那一年，高中毕业前夕，正是开始写诗的季节。在春晖中学操场上，骑着自行车，一遍又一遍兜圈子。一些同龄人所不知道的往事，吸引了我。这所田园一般的学校本身就像一首诗，校园藏在田野和湖水之间，根本用不到什么围墙。我骑着自行车兜来兜去，目的已不再仅仅是过刚学会骑车的瘾。迎着晨雾，穿过晚霞，事实上我正在寻章摘句，拼凑一首非常拙劣的小诗。

历史上的人物，重现在我的面前。我想象着在几十年前，一个身着长衫戴着礼帽的读书人，正从晨雾或晚霞中走出来，可能是朱自清先生，也可能是丰子恺先生，也可能是弘一大师，他们什么也没说，就从我身边走了过去。

电视的话题

我最早见到的电视是“文革”前，自然是在祖父的家里，那种老式的电子管电视机，很大的一堆，屏幕却很小，好像是十四英寸。那时候我还是个学龄前儿童，对电视节目毫无印象。我的印象只是一打开电视，就有许多不相干的人跑来看。那是记忆中的一个热闹场面。祖父是老派的，电视既然开了，就不许撵人走，不管这些来看电视的是什么人。

祖父住的是四合院，来看电视的大多是孩子，不敢到客厅里去坐，都站在过道里。又因为是孩子，看电视时当然不肯老实，除了叽叽喳喳说话，弄不好就挥拳头打起来。一打自然就乱，就要流血，祖父只好站出来说话和干涉，让他们别打别吵。于是开电视成了一桩讨气的事，一次两次是这样，三次四次依然如故，老是这么乱哄哄的，惹不起躲得起，干脆不开电视。

祖父家的电视，多少年来，放在那儿一直是个摆设。过年过节，偷偷地打开刚看上一会儿，前来负责侦察的小孩子已爬到了屋顶上，一旦发现正看着电视这个秘密，立刻到处通知。转眼间，成群结队的孩子拥了进来，门即使闩着也没用，小孩子既然能爬到房顶上去，再跳下来开门也易如反掌。有一年冬天正下着雪，过道窗台上冻着一大堆红红的柿子，等电视播完了，院子里的雪地上，到处扔的都是耀眼的柿子皮。

粉碎了"四人帮"后，祖父家买了第一台彩电，这以后不久，我们家也买了一台彩电，二十英寸的，价格是三千元，用的是我父母在"文革"中扣发的工资。记得高晓声来我们家，感叹地说："三千，要是给了农民，要盖三间像样的瓦房了。"

那时候的三千元实在是笔不小的数目，比今天的三十万都管用。彩电买回来了，我们几乎立刻就遇到了祖父家同样的烦恼，稍稍有些好节目，便会有许多人要来看。唯一不同的是，来看的都是熟人，是成年人，有的是邻居，有的却是邻居的邻居。

电视节目还不丰富，不至于为看什么频道吵起来。然而坐了一房间的人，像是一座小电影院，且不说人走了需要打扫，就是在观看过程中的议论，就让人忍受不了。有人天生喜欢在看电视时高谈阔论。电视这玩意儿本来是专门为家庭设计的，电视不普及的年代，电视机的存在造成了对家庭的外来入侵，把本来不欢迎的客人吸引了过来。这些客人并没意识到自己是在入侵，他们在看电视时反客为主谈笑风生，根本不把主人放在眼里。

我父母经受过“文革”的考验，十年动乱又刚刚过去，他们心有余悸，一肚子不痛快，也不得不笑脸相迎，就怕得罪了谁再一次记仇。有钱买彩电在当时并不是什么露脸的事，穷便等于无产阶级，有钱则是资产阶级，这种观念在今天的年轻人那里已经陌生，在当时的人们心底里多少还有残余。总之一句话，你买了彩电，自己先觉得错了。因此我母亲总是向人解释，说要不是“文革”扣发工资，要不是补还了工资，根本不可能买得起这样贵的彩电。

记得那时候，别人来看电视，我父母不仅以烟以茶相待，而且还要为那些不抽烟的人准备好瓜子花生。就这样也还是不行，因为心里的不痛快是掩不住的，弄不好就会露出一点。来看电视的人也很明白，你越客气，越觉得你是装出来的。你怕来者不高兴，来者更怕你不高兴，大家小心翼翼，仿佛都暗藏鬼胎，不知不觉地已经得罪人了。别人有电视，自己家没有，这心里事先已有些不平衡，大家都是人，凭什么你有我没有。

我们家住在一个剧团里，来往的都是演员，演员中实在不缺乏那种分田地均富贵的人，“文革”中跳得最凶的就数他们，在运动时批判别人其实是为自己抱屈。演员的一个重要能耐就是可以把什么都当作演戏，心里明知道上门看电视主人会不乐意，正是因为想到你会不乐意，就偏偏要闯进门去。

好在彩电的发展很快，而且几年后，价格几乎跌了一半，后来虽然又涨了一点，毕竟是电子产品，挡不住越来越便宜的事实。彩电已经成了平常百姓家里的必需品，第一代二十英寸彩电已变成了古董。大家口袋里的钱越来越多，人们抱怨物价涨得太快，可谁都知道今天的日子比过去好，好得多。

祖父生前曾和我谈起过蒸蒸日上的电视时代，他认为电视不是什么好东西。作为一个年老眼花而且有几分固执的老人，他认为电视给人带来的东西和让人失去的一样多。大家都把时间花在看无聊的电视上，从电视里得到一些最肤浅的东西，这种保守的观点多少年来一直影响着我。

事实上，电视带来丰富的知识时，也正在使我们的思维变得单一。电视上是怎么说的，常常成为我们判断是非的标准。等到开始对电视产生怀疑的时候，通常情况下，我们已经受害匪浅中毒太深。我们的觉悟，无疑要用巨额学费来作代价。每天晚上睡觉前，我们为看过的电视太无聊而深深懊悔，第二天却可能跌入到同样的怪圈。漫长的电视剧像职业杀手一样，十分老到地谋害着我们的宝贵时间，不仅如此，它还引起了家庭中的战争，使得恩爱夫妻为了不同的嗜好反目，使得父母和子女为了抢占频道喋喋不休。

电视让赤裸裸的世界展现在我们面前，近得一伸手似乎就能摸到。我们仿佛可以听到世界的喘息声，某某地方正发生着战争、骚乱、自然灾害，进行着狂热的足球比赛。我们坐在电视机前，喝茶、聊天，注视着和我们未必有关系的世界上的变化。"新闻"这个词，就是因为有了电视，才体现出了它真正的意义。电视正在使得这世界越来越没有秘密可言，而我们也好像因此多了一只用来窥探世界的眼睛。

去紫霞湖游泳

天气又热了，忽然想起小时候去紫霞湖游泳。时间是“文革”中的暑假，刚上初中。查百度地图，单程六点七公里，来回将近二十里路，还要游两三千米，体力真是够好。

小孩子不知道叫累，直到上大学，我才知道“紫霞湖”三个字。一直以为是“纸牙湖”，大约方言原因，身边人都这么称呼。中山门外有个前湖，都叫它“浅湖”，我们不知道玄武湖是后湖，有后湖当然有前湖。前湖很浅，面积足够大，天天经过，还是觉得应该再走些路。

紫霞湖在紫金山上的树林中，周围一片绿色，选择在这儿游泳，不是因为水干净，那年头没这概念，“污染”一词基本上用在意识形态上，譬如“被资产阶级思想所污染”。去紫霞湖，是看中它的水深，看中了别人不敢去。这个湖年年淹死人，也不是不害怕，有时候害怕是最大诱惑。一起玩的男孩突然决定要去，于是你只剩一个选择，别做胆小鬼。

南京的夏天很热，没电视，没电脑，样板戏之外没任何娱乐活动。也没有暑假作业，更没有升学压力，大人们都在搞阶级斗争，孩子们闲着没事干，就去游泳。紫霞湖水无比清凉，湖边是望不到尽头的树林，或许因为地方太远，太偏僻，别人不怎么敢来，我们几个自然而然成了为数不多的勇敢孩子。

那时候的南京城到处都是大树，一路过去，晒不着太阳。回家路上，将泳裤顶在头上，快到家，泳裤已干了。汽车少，自行车也少，慢车道上有时会出现一种“蹦蹦车”，拖拉机的一种，比手扶拖拉机略大，我们便像铁道游击队员那样搭顺风车。这么做有危险，害怕是诱惑，危险当然也是。

从风水的角度看，紫霞湖是个好地方。1947 年，蒋委员长看中了，打算死后就葬在这里。于是建了个“正气亭”，还立了石碑，藏在湖边的树林里，我们当年还真没见过。“文革”毁了那么多东西，偏偏它们留了下来。说起来，离市中心也不算远，我们不知道，年龄大的红卫兵也不知道，真知道，肯定会冲过去将亭子扒了，将石碑砸了。

第三章　文学少年

没有文学的少年

小时候的文学印象，最初可以追溯到排队买《欧阳海之歌》。隔着时间长河，穿过光阴面纱，记不清楚当年怎么一回事，只记得很长的队伍，男女老少各种各样面孔，喊声和骂声一片。不明白大家为什么都去排队，都去抢这样一本书，我只是一个很局外的看客，一个九岁小男孩，远远地看着热闹。

少年的记忆中没有文学，在一些回忆文章中，我曾吹嘘过自己小时候很喜欢看书。其实这不确切，与各种人物的回忆录一样，根本就不靠谱，我看书不是因为喜欢，而是因为孤独。无聊于是读书，孤独然后看小说，搁篮子里便是菜，抓手上就是名著。

什么样的文字我都愿意看，“老三篇”背得滚瓜烂熟，《毛主席语录》不敢说倒背如流，要哪段翻哪段绝没问题。就算是到现在，记忆力已经严重不行，我仍然还能背很多老人家的诗词。

如果那年头有 NBA，有世界杯，有奥运会，有网络，有四大天王，有超女，有美剧和韩剧，或者有高考，有重点中学，我肯定不再乱看书消磨时间。我的少年根本就没有文学，那是一片文化沙漠，就像是月球的表面，看上去光滑，却毫无生命迹象。

现在的孩子听到“文化大革命”，总觉得有些怪怪的，怎么会有如此荒诞的一个时代。就像我们小时候听老人讲日本人怎么进了南京，跟教科书上讲得完全不一样。我总是忍不住就要唠叨“文革”，特别愿意跟年轻人说，而年轻人又未必愿意听。话不投机半句多，我知道喜欢提到这些掌故的人，差不多都是祥林嫂，都是《大话西游》上的唐僧。

我在少年时代，既不喜欢唐诗，也不喜欢宋词，能背几首古诗词蒙蒙人，完全是拜无聊所赐。没人逼着我看这些玩意儿，爱看不看，反正不知从哪里随手偷到了一两本，闲着也是闲着，结果不光看了，而且背了，小时候背的东西往往最不容易忘。

记什么都是记，花拳绣腿有口无心，生吞活剥地先背诵下来拉倒。死记硬背是学习最偷懒最有效的方式，记忆中，最爽的还是背诵毛主席他老人家的《敦促杜聿明等投降书》，那个大义凛然，那个居高临下，那个牛啊。

直到上大学，我也都没有弄明白什么叫文学。没人在这方面专门培养过我，自己也从来没往写作的路上仔细想，甚至都懒得看上一眼。成了作家以后，很多人追问文学因缘，考究渊源，我也十分认真地检点过去，盘算再三，仍然说不出一个为什么。少年记忆中与文学有关的玩意儿，实在少之又少，想胡编都找不到北。我们这一代人被恶谥为“狼崽”，非要追问出一个所以然，只能说是史无前例的“文化大革命”，培养和滋润了我们。

父亲生前常说作家没办法培养，以我这个儿子为例，语重心长诲人不倦，结果人家根本不相信。我女儿发表了一些文章，出了几本小书，有人就带着孩子登门，诚心诚意请问，讨教独门暗器和秘诀，面对同样问题，我显得非常无奈，真话假话都不行，说真人家不相信，说假自己又不乐意。

文学少年

1974年，我十七岁，高中刚毕业，说懂事，什么都懂了，说不懂，真正明白的事实在太少。那是个知识被成群地赶进深山的年代，一切都被扭曲，一切都很荒唐。我是那个时代带着几分奇怪的标本，算是高中毕业，实际水平比初中生还差。我留过一级，从农村回到南京后，又莫名其妙跳了一级，甚至还泡过将近一年的病假。读不读书上不上课都一样，我的字写得像小学生，像外国人写中文，错字别字连篇。高中毕业考试，考数学是珠算，我们只学过加减乘，连除法都没来得及学。

那时唯一值得自豪的，就是书看得多，相对而言的多。父亲是南京的藏书状元，所藏的书绝大多数是翻译过来的外国小说。“文化大革命”后期是我拼命看世界名著的年代。卖弄自己看过的外国小说，一向是我的嗜好。多少年来，我一向自以为是，觉得在阅读方面没人吹牛吹得过我。我的父亲毕竟是藏书状元，强将手下无弱兵，父亲在他那辈人中读书最多，我自然在我这一辈中也没有什么对手。为了在吹牛时立于不败之地，我实实在在读了不少书。

因为祖父在北京，我经常有机会去，一去就住很长时间。北京这地方多少会有些文化中心的意思，有点巴黎的沙龙气氛，即使在“文化大革命”后期这一特殊阶段也不例外。作为一个经常有机会接触沙龙的外省文学少年，北京老家给我在文学上的影响的确太重要。我的堂哥三午长年累月在家歇病假，他的客厅永远有人，高谈阔论，胡说八道。

三午的客厅是当年北京诗人经常光顾的地方。那是些看上去神经兮兮的年轻人，没日没夜，高兴时来，尽兴则去。三午客厅常常有人高声朗诵诗，有时候诗人自己朗诵，有时由漂亮的女郎代劳。漂亮女郎多半是诗人的崇拜者，多才多艺，会唱会弹钢琴。

三午自己就是一个很不错的诗人。我曾在他客厅里朗诵过他的诗。他的诗免不了有些颓废，有些痛苦，当然也有些矫情。我在客厅卖弄他的诗，原因是三午在念自己的诗时大哭起来。事实上我也是一边流眼泪，一边朗诵。在三午的客厅里，感动得哭起来是一桩雅事，没什么可难为情。对于这样的场面我已经太熟悉。常常有人写了一首好诗，大家喝彩，于是当场作曲，当场唱。根据三午的诗作曲的一首歌在北京小圈子里曾经很流行：

不要碰落麦芒上
　　凝结的露
不要抹去睫毛上
　　颤抖的泪

露珠里映着

整个的太阳
泪滴里闪着
我们走过的路

脚在田野里迈
衣领上全是露水
心在生活里滚
脉搏上全是泥和泪

露在深深花蕊
泪在层层心田
烈火枯竭源泉
烘不干露和泪

手捧起滴滴露珠
便成一道瀑布
心积起颗颗泪滴
那是无边的海

不要碰落麦芒上
　　凝结的露
不要抹去睫毛上
　　颤抖的泪

诗写于1972年10月10日。以今天的眼光看，诗当然算不了什么。文学从本质上来说就是历史，在历史的参照系数面前，我们说大话最好留些余地。关键是那种氛围，与世隔绝，与世无关。那时可是“四人帮”之流肆虐的年代，是文化的沙漠，是没有春天的严冬。三年另一首诗似乎写得更好一些：

摸熟了块块斑驳的门牌
翻厌了张张嘈杂的脸儿
从来到人世，我
就揣着一封无法投寄的信

羞愧　不安　焦急
憧憬　痛苦　渴望
从来到人世，我
就揣着一封无法投寄的信

这些诗从来也没有变成铅字发表过，三午写了近百首诗，任何一本谈诗人的书都不会见到他的名字。他注定了只能默默无闻，活了四十多岁，便英年早逝。说起来，这当然是非常遗憾的一件事，许多好诗人的结局，都可能是这样，明白了这一点，也许我们就会释然。

1974 年，我这个十七岁的外省文学少年，在三午的客厅，开始了最初的文学梦想。沙龙的气氛自然使我向往成为诗人的一员。我老气横秋地加入了侃文学的清谈，指点江山，信口开河。这些诗人说到底也不过是一些文学青年，大家生活在浪漫的诗意中，悄悄地较着劲。和年轻狂妄的画家们相仿，都觉得自己行，都看不上别人。那一代诗人似乎都喜欢巴尔蒙特，他们都喜欢这句话：

我来到这个世界上

只是为了看看太阳

三午的客厅里常常为了诗歌吵架，吵得不可开交。诗人最多，有作曲的，有唱歌的，有画画的，有摄影的，还有研究哲学的。有的显然是风流潇洒的公子哥儿，一脸的八旗子弟样，有的却像乞丐，衣衫褴褛，只差随地吐痰擤鼻涕。所有这些人都是野路子，是诗人一定颓废，一定朦胧，画画的离不开一个“怪”字，都喜欢留长发，言谈时，最擅长的一句话就是：

“这他妈哪儿是诗，这他妈哪儿叫画!”

我毕竟只是文学少年，除了多读过几本书之外，一无可夸耀处。在烟雾缭绕的客厅里，学会了大言不惭地说：

“这他妈哪儿是诗，这他妈哪儿叫画。”

做梦也不会想到多少年后，我会成为一个小说家，会跻身于混稿费的人流中。

三午是叶家第三代人中最有希望成为作家的一个

人，他身上有饱满的诗人气质，他写诗，看小说吹小说，发疯地喜欢外国音乐。三午常说，他喜欢文学，是受我父亲的影响。他说起我父亲不该中途放弃写作时甚至掉眼泪。我父亲早在二十岁前就写了一大堆短篇小说，不止一个人说过我祖父是中国的契诃夫，但是三午一向认为，如果我父亲不停笔，真正成为契诃夫的应该是他。

我父亲把爱好文学的毛病传染给了三午，这毛病最终又到了我头上。朱自清先生曾夸我父亲少年时的文章写得“头头是道，历历如画”，说他的小说中有“他自己健康的调皮和机智”。三午总是为我父亲抱屈，他老说：“叔叔的小说太不合时宜。”不合时宜的评价同样适合三午自己，适合那一代过早来临又过早凋谢的年轻诗人们。

父亲在和我谈起三午的遗诗时曾经说过，时至今日，他的诗歌完全可以发表。这的确也是实情，今日已是个诗人多如牛毛的年代，出版物泛滥，只要是诗，只要是那些分了行的短句子，混迹于刊物之上并非太难。

沙龙的气氛自然使我向往成为诗人的一员。我老气横秋地加入了侃文学的清谈，指点江山，信口开河。

在一家冷漠的咖啡馆前，一位执著于舞蹈的女郎，孤独地跳着舞，她自顾自跳着，如痴如醉，仿佛早已被这世界所遗忘。她跳着跳着，终于用她那独特的舞姿，吸引了在场所有的人。

可是三午的诗毕竟只适合他曾经活着的那个时代，他的诗，包括他在内的一代诗人，说到底仍然是时代的产物。

我从来不认为三午的诗最好。即使当年我作为一个外省的文学少年，跟在三午后面亦步亦趋，志大才疏又装腔作势，我也不甘心做一个像他那样的诗人。我的偶像是一位更年轻的诗人。他是那年头突然闪现出的新星中最灿烂夺目的一颗星。当年北京民间沙龙中几乎没有不知道毛头的诗的人。毛头要比三午年轻得多，他狂妄地出现在三午的客厅里，目空一切，孤芳自赏。

他似流浪汉的姿态睡倒
盖着当天的报纸，枕着黑面包
不在乎胡须上滴下的口水
也不在乎雀斑，在他脸上充满
嘲笑

这幅艺术家的速写似乎更适合于毛头本人。毛头是个天生的艺术家。他会唱歌，正经学过西洋美声唱法。那时候，谁手头有一盘好的意大利歌剧带，谁就有幸在短时期内，做他最好的朋友。孤傲的毛头并不是和什么人都可以交朋友。我对毛头的身世不太熟悉，只知道他家境不错，人在白洋淀插队，并且知道他曾当过学习毛泽东思想积极分子。在我作为文学少年的那个年头，父亲的书和三午的客厅，潜移默化地使我和文学产生了不解之缘，毛头的行为却直接为我提供了模仿学习的榜样。

毛头似乎具备了一个和常人不同的大脑，他的诗永远让人感到新颖感到震惊。我那时候虽然已经知道洛尔迦，知道普希金，知道巴尔蒙特，知道阿赫玛托娃，但是活生生的毛头，比任何一个诗人更实在，比任何一本诗集都耐读。

毛头的诗实在太多，太多。他每年都为自己编一本诗集。他的身上永远揣着笔，走到哪儿，想到哪儿，有时灵感来了，扯上一张纸，刷刷记下，然后把纸片藏进口袋里，继续海阔天空说大话。据说每年的十一月下旬，是他结集的痛苦时期。在这时期里，他把自己关在房间里，把写在乱七八糟纸片上的诗整理出来，绞尽脑汁，怨天怨地，仿佛女人坐月子。他年年都要为此掉一身肉，胡子拉碴，死去活来。大功告成，他又开始神气十足，重新露面。

毛头的魅力在于他自身就是一首充满激情的诗。他对诗歌本身的迷恋，对文学的执著，只有“过分”这两个字才能形容。1976 年的唐山大地震把北京人吓得不轻，就好像到了世界末日。毛头当时的行为最可笑，他拎着个旅行包，包里装满了他自己手抄的诗集，灰溜溜得像个流窜犯，非常狼狈形迹可疑地东躲西藏。面对大自然的威胁，别人不过是怕死，他在怕死的同时，更担心他的天才作品会毁灭。

和大多数文学少年一样，我最初的文学梦想就是写诗，做个像毛头那样的诗人，生产太多太多的诗，满满一旅行包，拎着到处走。在三午客厅里，我学着三午或毛头的口吻，堂而皇之地说着“这哪儿叫诗，这哪儿是小说”。既然我认为毛头的诗最好，我便老气横秋用毛头的诗来压别人的诗，像不像毛头的诗是我在相当一段时间内判断好诗坏诗的唯一标准。

我学着毛头的样子开始写诗，疯疯癫癫，绝对形似。在纸片上，在小本子上，甚至书的空白处胡涂乱抹。十七岁那年真值得我很好地回忆一番，我开始学着抽烟，偶尔也喝点酒，并且正经八百地开始幻想女人，我变得有些颓废，玩世不恭。我母亲因此对三午耿耿于怀，老觉得我是跟他学坏的。

我的读书趣味也是在那时候开始发生变化，我从雨果的忠实信徒，突然转变为对整个的19世纪西欧文学格格不入。浪漫主义文学作品尚未读完，我已经跳过了现实主义文学，一头栽进了20世纪西方现代派文学的皮毛之中。爱伦堡的《人，岁月，生活》，给了我无穷无尽的知识。回到南京，远离北京沙龙，便在爱伦堡的回忆录中寻找刺激。我决心不顾一切地写诗，希望有一天能在三午的客厅里像毛头一样露脸。

诗人也许真是天生的，我很快就写了不少分了行的诗句。这些诗丑陋得让人感到恶心。我学会了做作，学会了矫情，学会了把句子折腾得疙里疙瘩，就是写不出一句像样的好诗。在我的文学少年时代，令我最痛心的一桩事，就是发现自己实际上根本不可能成为一个好诗人。

我经常独自到野外去找诗，寻章摘句，在春天的草地上，想着想着便睡着了。干别的什么事，我的脑子里老在想诗，等到正正经经要写诗，我又肆无忌惮地开起小差。我像诗人一样活着，神经兮兮，无病呻吟，和时代绝对格格不入。我进了一家小厂当工人，早出晚归，逃避一切政治学习，并且从来不看报。当时的那些出版物和我没任何关系，在我越来越意识到自己的诗写得实在不像话的时候，我便发誓，除了外国小说，我什么都不看。

几年以后，形势发生了重大变化，小说尤其是短篇小说开始时髦。我考上了大学，也跟着起哄写小说。最初的小说和我最初的诗歌一样糟糕。我曾把这样的小说寄给北岛，北岛看了以后写信给我，说我的小说不行，但是很有写诗的潜力。他夸奖我有良好的感觉，大可以在诗坛上闯一闯。他的客气话让我绝望了很长时间。如果我的小说感觉还不如诗，要走文学这条路还不如去寻死。我已经清楚地知道自己的诗歌不可救药，而的的确确也正在明白，我当时的小说实在不怎么样。

时至今日，我的小说仍然没有真正写好过，重温旧作，羞愧难忍，苦不堪言。回想当年，我能够不懈地写小说，和退稿作斗争，本身就是桩了不得的奇迹。也许是为了赌气，当然也是自己另寻新欢以后，太喜欢小说这玩意儿，我总算没像写诗那样半途而废，我总算坚持下来。

很多年以前，有一个文学少年幻想着将来会是个惊世骇俗的诗人。和大多数美好的理想注定要破产一样，我的诗人梦遥远得仿佛是别人的故事。我并不后悔自己销毁了那些惨不忍睹的诗稿，时光不会倒流，艺术永无止境，过去的一切都化为亲切回忆。我怀念三午，忘不了毛头，多少次旧梦重温，老毛病再犯。我向那个已经死去的已经虚无缥缈的我招手致意。海枯石烂，这毕竟是一个不能忘怀也无法忘怀的我。我看着我，脉脉含情，顾影自怜。我们曾经是个整体，我们永远是整体。

我们彼此思念
仍在无声地前进
就像雪橇
在伤口上继续滑行

人，诗，音乐

从堂哥三午的客厅，我开始步入文学殿堂。那时候，我是一名文学少年，在他的引导下，读世界文学名著，追捧喜欢的作家，过着一种有诗意的生活。三午是我们这一辈中的老大，很有才，却总是一事无成，年纪轻轻一场怪病，不当回事地便去了。

三午会拍照，有一段时间拍得很不错，用一架老式的德国照相机，拍人像，一时有“三午肖像”之美誉，记得当年许多人都慕名要他拍照。在我们这个文人家庭中，他对我的影响最大。早在 20 世纪 70 年代初期，除了拍照，三午还是一位很不错的先锋诗人。那是真正意义的先锋，在那个时代，能像三午那样写诗的，都是毫无疑问的怪人。

比诗和摄影更能吸引三午的是音乐。他算得上是玩音乐的好手，先玩唱片，以后又玩老式大盘子录音带，最后才是盒带。如果不是过早离世，他一定会成为激光唱盘的收藏者。有一段时间，他收藏的盒带，在北京小圈子里很有些名气。一位诗写得非常好、脾气绝对古怪的诗人，也是音乐的收藏者，都是四十岁出头的人，为了点芝麻小事，和三午孩子气地翻了脸，知道三午盒带收藏丰富，托人带话给三午，说是只要打开柜子，任他挑两盘磁带，便和三午和好。

三午一向喜欢这位诗人的诗，私下里，一直和我谈起他。三午觉得这位诗人的诗是中国最好的诗。他们曾经是很好的朋友，翻脸之后，三午不止一次回忆起他们之间过去的友谊，他们一起写诗，写那些好好坏坏的诗，一起玩音乐，用自行车驮着笨重的录音机，四处折腾去翻录带子。重新寻找失去的友谊是三午多年的心愿，但是要三午心甘情愿牺牲两盘珍藏的盒带，等于在他心头硬挖去一块肉：

“他爱和好不和好，挑两盒带，让别人可以，让他挑，那还得了。”

知己知彼，三午说什么也不敢冒风险，他坚信这位诗人会抢走他最棒的两盘磁带。量小非君子，无毒不丈夫，犹豫再三，三午非常坚决地拒绝和好：

“哼，不和好了，夺人所爱，这不行。”

在一个搞音乐的人眼里，三午是十足的外行。音乐对于他，既谈不上专业，甚至也不是业余。他只是喜欢听音乐。“喜欢”这两个字概括了他对音乐的一切感情。音乐仿佛是烟，是酒，是他生活中不可缺少的一种奢侈品。很难想象一个对音乐迷恋到如痴如醉地步的人，一个人听着听着，就会手舞足蹈号啕大哭，竟然对五线谱不甚了了。除了没完没了听音乐，我很少听到过三午哼上一句半句。

诗和音乐是三午生活中的一部分，有了音乐，自然而然也就有了诗歌。他不止一次向我描述，在优美的音乐声中，写诗的激情如何油然而生。“没有音乐怎么能写诗呢？”我至今仍忘不了他说这话时，一本正经不容置疑的夸张表情。对他来说，音乐是耳朵里的诗，诗却是纸上的音乐。

现在　我对你颂诗的时候
那老彩笔已从天才的手
落到百年的尘埃里
你为他
忠诚地
贞洁地
保持着
你千年和真挚的感情
世人谁也听不见
你圣洁的声音

这是三午写的一首诗中的一个片断，当时是1964年，他二十岁出头，青春年华，是一个非常帅非常潇洒的小伙子。十年后，我开始在一个硬壳的笔记本上，用很拙劣的钢笔字，毕恭毕敬地抄写三午的诗集。十年的岁月，十年动乱，三午似乎已经变了一个人。

我唇角常常
浮起一丝
苦笑

人呵　岁月呵——
苦楚成了嬉笑

山盟的无影
海誓的无踪
信义的甩脱
情谊的轻抛

冷嘲　热讽
明嫉暗妒

深深挖了陷阱
紧紧勒住圈套

人呵　岁月呵
残酷成了骄傲

苦笑　苦笑
都变形了
我的唇角

不仅思想境界发生大变化，三午的身体也变得让人感到悲哀。因为类风湿，因为在农场不堪忍受的体力劳动，他的背驼了腰弯了，成了标准的残疾人。他的诗风变得非常厉害，颓废像面黑色的旗帜，在长长短短的诗行中耀眼闪现。他对人世和生活的绝望，严重地影响了刚步入社会的我。那一年，我十七岁，正高中毕业，待业在家，根本就没有考大学这回事，前途渺茫，无所事事。我很快变得像三午一样颓废，一样无病呻吟，一样远离活生生的现实生活。

除了学写诗，我便是陷在音乐的误区里，迷迷糊糊不肯出来。听音乐也成了我的嗜好，至今我仍然保持着这样一个坏习惯，那就是写作时，耳边一定要放着音乐。音乐的旋律极有助于思考。万籁俱寂或者噪音袭耳，音乐使人在枯燥写作的寂寞中，既感到孤独，更感到充实。和诗歌一样，我爱听音乐，也是受了三午的影响。他总是夸夸其谈，一谈起音乐就没完。有趣的是他对乐理一窍不通，能告诉我的只是音乐家的故事和传说。

音乐家的故事和传说对我写作起了潜移默化的作用，我渴望着自己能成为一名像莫扎特和贝多芬那样的音乐家。音乐使我在意志消沉颓废的时候，不时体会到崇高，体会到净化的纯洁。当我抄到三午下面这首诗的一个片断时，禁不住热泪盈眶，心里说不出是喜还是悲：

你的手指安抚着
键盘

我双肩抽动
只能把脸伏在手心
因为我就是——
你手下
黑色
白色
的键

三午的才华从来没有得到过充分发挥。和真正意义上的先锋诗人一样，他孤独寂寞，在世人眼里一事无成。他的诗少得可怜，变成铅字的更是微乎其微。他的才华和时代趣味距离太远，而且根本就是格格不入。1975 年以后他好像再也没写过诗，诗人的热情在一个悲哀的时代里早已烟消云散。1972 年 10 月 29 日这一天，三午像受了伤的野狼一样号叫：

我们像块木头
被削着　刨着

钉着　锯着
最后连自己看着
都陌生了

对整个宇宙　我们还将
嘲笑地说
心　总是那一颗

粉碎“四人帮”以后，新的诗人像雨后春笋一样冒出来。除了听音乐，没完没了地收集磁带，诗对于三午来说，已经成了一个遥远的过去。我不止一次问他为什么不写诗，不止一次问他为什么不把自己的诗拿出去发表。然而他没有一次正面回答过这些问题。他似乎一直过着一种静止的生活，天天老一套，吃，睡，看女儿弹琴，在音乐声中活着。这些年来，我读大学，读研究生，写小说，结婚，为养活和养好女儿挣钱，一次次变化，越变越俗，越变越现实。

三午的死永远是个谜，作为一个残疾人，他总是病恹恹的模样，谁也不会把他偶然的不舒服当回事。他的背已经驼得不能再驼了，心地虽然还像少年一样单纯，身体却仿佛风烛残年的老人一样龙钟。和他在一起，老是看见他痛苦不堪，孩子气地呻吟，不是牙疼，就是胃疼。他永远像一个被宠坏了的公子哥。我最忘不了他吃小苏打的腔调，别人吃药不过吃几片，他要么别吃，一吃就是半瓶，或者干脆满满一瓶。关于三午的死因，医院的诊断是恶性痢疾。从发病到咽气，还没到二十四小时。死有时实在是太容易。他动不动就呻吟，就叹息，习惯成自然，因此他逝世的那一夜，躺在床上哼个不歇，也没人太当回事。

三午死的前几天，有人给他送去了一盘福瑞的《安魂曲》。他一边听，一边和大嫂戏言，说他若死了，就用这首曲子代替哀乐。三午死后，朋友们在《安魂曲》的乐声中，向他告别。这个场面被摄像机记录下来，无数遍地播放给那些没来得及向三午告别的朋友看。哀乐低低徘徊，三午像生前一样苦着脸，躺在花丛中，朋友们手持康乃馨，一一走上前，把康乃馨往他身上扔，这是三午生前最喜欢的鲜花。三午的一个朋友含着热泪，把他生前爱听的两盘盒带，揣在他怀里。在另一个世界里，这两盘盒带将永远伴随着他。

堂姐小沫曾和我商量为三午出一本诗集。一个人死了，总希望能有些什么东西纪念纪念。诗和音乐都是身外之物。三午年纪轻轻地就撒手去了，留下了一大堆他视之如生命的磁带，留下一本抄在硬壳笔记本上的诗集。比三午诗写得更好名气更大的诗集都出版不了，三午的诗集何时能出，实在难以想象。

我和三午都特别喜欢拉威尔，尤其喜欢《鲍列罗舞曲》。记得三午曾向我描述过这首曲子所表现的内容。他告诉我那是一首关于葬礼的素描，下着蒙蒙细雨，人们穿着黑色的丧服，排着队，无声地在雨中走着。乐曲一遍遍反复，发展，有那么一点点细微的变化，越来越庄严，越来越辉煌。多少年来，我一直按着三午的话理解这首曲子。

直到有一次，偶尔翻开一本书，我才知道三午的阐释完全是错的。正确的答案应该是关于一位舞蹈着的女郎的故事。在一家冷漠的咖啡馆前，一位执著于舞蹈的女郎，孤独地跳着舞，她自顾自跳着，如痴如醉，仿佛早已被这世界所遗忘。她跳着跳着，终于用她那独特的舞姿，吸引了在场所有的人。大家一起欢快地跳起舞来，乐曲在热烈的气氛中结束。

错误或者正确地理解一首曲子，丝毫不妨碍欣赏音乐本身。有的人一生就像一首优美的诗，像一首哀婉动听的曲子。人生中有太多的误会，误会有时候一样很美，一样让人心抽紧着难以忘怀。

红沙发

不是什么好沙发，红的人造革，矮矮的木把手，天生一种旧。刚买回来，坐上去硬邦邦的还有点儿劲，不多久中间便有一个坑。

买沙发时，我父母刚从牛棚放回来。记忆中那段时间最空，没事可做，父亲天不亮起床，也不锻炼，静静地坐在冷板凳上，抄《哥达纲领批判》，厚厚的一个硬皮笔记本，禁不起天天抄，毕恭毕敬的，都是字。差不多同时期，祖父也在北京抄书，不过他抄的是《毛泽东选集》，用英文。时间多得真恨不得拿来送人，母亲就是在这段时期学会烧菜的。那时什么菜都不贵，四毛钱一斤的大刀鱼，随时有卖。

有一天，从哪冒出来个人，说：

“哟，你们家怎么没沙发？”

突然发现确实没有，于是商议买沙发。商议来商议去，买了一对小红沙发，价钱很便宜，包括熟人的应酬，一百元就对付了。有了沙发，才知道冷板凳的不舒服。过去也不算没钱，父亲母亲都觉得奇怪，结婚二十年，为什么没想到买沙发。虽然结束隔离审查有一段时间，再不是批斗的重点对象，母亲仍然保持打扫单位公共厕所的习惯。也许只是一种习惯，没人让她一定要打扫，也没人一定要她不打扫，记忆中母亲常坐在红沙发上抱怨女厕所的脏。

父亲每星期去郊区送一次垃圾，他是“牛鬼蛇神”中的强劳力。有时他一个人去送，有时也带我。一辆破车，回来的路上，口渴了便拿出几个硬币买大碗茶喝，又忘不了买几包廉价的阿尔巴尼亚香烟。“阿巴”的味儿很冲，却不难闻。父亲常坐在红沙发上，有一支没一支地抽着。

“文革”的急风暴雨已经过去。武斗之类的事也很难再听到。所有的人都随着“文革”的惯性在走。当时最倒霉的是“五一六”。斗来斗去，斗死斗活，和过去的日子相比，父亲母亲坐在红沙发上，不免有些知足。打扫厕所，送垃圾，这算什么。

我那时念初中，糊里糊涂念着，学习时好时坏。晚上从不看功课。有时偷着看小说，有时便傻傻地陪父母坐。在“文革”最糟糕的年头，一会儿抄家，一会儿游街，一会儿这样，一会儿那样，今天家里的藏书被没收，明天凡是门都贴上封条，一家三口人各一方，成年累月碰不到一起。

渐渐地，母亲不再打扫厕所，父亲也不送垃圾。日子不知怎么就慢慢地好起来了。“四人帮”还在台上，“臭老九”还是“臭老九”。恢复了原工资，保姆也回来了。再下来，扣发的工资补发，时时有苦着脸上门借钱的年轻人。没收的书全部退还，借书的人便多了。父亲又开始坐冷板凳，夜夜都写，写那写不好也写不完的剧本。

母亲又开始练功，快五十的人了，天天一身汗。

红沙发上有了灰尘，一家人似乎都有事要做，不死不活地瞎忙。终于“四人帮”倒了台，这个平反，那个恢复，我们的日子一天比一天好。红沙发却依旧闲着，没人有工夫去坐。这样的日子并不长。父亲母亲说老就老，悠闲岁月转眼变成历史。一个眼见着头发就白了，一个浑身是病，三天两头要去医院。父亲去了《雨花》，先是副主编，继而主编，说不出的忙，又不会骑车子，上下班都要跑。气喘吁吁回家，酥酥地软在红沙发上，迟迟不愿起来。母亲老一套地喊这儿疼，那儿痛，坐红沙发上常惊叹“文革”中最糟糕的那些年头，怎么就挺了过来。人老了，总喊累。红沙发上一坐多久，还是喊累。

有一天来了个人，对着沙发上下打量。他是沙发厂的厂长，看了一会儿，皱着眉头说：

“这沙发哪是人坐的，这是玩具!”

我们一家都很狼狈，经他一提醒，开了茅塞，突然意识到这沙发的不好。靠背太矮，枕不到头，扶手太局促，摊不平手，弹簧太软，太少，钢火不好，人造革呢，冬凉夏暖。难怪越坐越累，越坐越不舒服。于是又商量，下决心换一对好沙发。

那时候，方之是我们家的常客。当年父亲母亲在牛棚，听说方之戴着光荣花，兴冲冲下放，说不出的眼红。父亲的罪行似乎更重，下放也有缘分，不是谁都能轮上。记得父亲买了针灸针，拔火罐，赤脚医生的小册子，还有固体酱油，无望地等着对于别人是发配，在他来说意味着解脱的机会。

方之从南京下放，自然还该回南京。也不过几年工夫，老了许多，更黑，更瘦，人还是原来的那个人。回南京后，最要命的是没有房子住。原先不大的窝，别人已在那里孵儿育女。只好去住另一个人的厨房。那厨房大，放得下三张床。一家三代，挤了再挤，居然也能住下。本来就没什么书，写字桌没地方放。方之是个只能写东西的人，不写作，便好像没事可干。从他那厨房的小家到我们家，直线距离，公共汽车得开过五个站。但是他天天不辞辛苦上我们家，跟上班一样。有时一天能来几次。来了，必定是坐角落里的那只红沙发。那时候我们家有一句笑话：

“这张红沙发，是方之的。”

方之天天来，说不完的空话，谁在家谁就得陪他聊。我当时刚上大学，自信得像个人似的。他的《内奸》连续从两个编辑部退回来，人有些萎，深深地陷在红沙发里，抽烟，笑，咳嗽，有时也叹气。

我们依旧聊天说空话，不知怎么主题到了沙发上，也不知怎么的，我讥笑起这对红沙发。无非那句老话：靠背太矮，扶手太局促，弹簧太乱，人造革太怎么怎么。方之极认真地听，又极认真地想。他个子太小，体重太轻，没有一个安身的地方可以待，这红沙发所有的缺点，似乎一丝一毫都体会不到。好沙发该是什么样的标准，他想象不出。突然，他一笑，三不着两地说：

“我现在和老丈人丈母娘住一起，大家一个房里用马子，真，真有伤风化。”

我怔了一怔，他又说：

“你们都说我不写。写，写什么？”说完又是笑。

我永远忘不了方之的这一笑，当时他深陷在红沙发里，和红沙发一起畏缩着，嘴角上留着唾沫星子。酒瓶底一般的近视镜片把眼珠子都凸大了。黑的眼珠子，颧骨更高，一口烟牙。《内奸》的手稿半躺半卷，撂在红沙发旁代替茶几的小圆桌上。谁也不知《内奸》能不能发表，更不会想到能得奖。

好在《内奸》发表了，最终还有些影响。方之对两家退稿的编辑部不免耿耿于怀，坐在红沙发上说了些背后的狠话，便火烧火燎地和父亲商量怎样尽快弄房子。这时候，他的身体已经不能不考虑戒烟。我忘不了他总是抓着一支未点燃的香烟，放在鼻子下嗅来嗅去，样子极其狼狈，有时憋急了，便让父亲吸足一口烟，往他脸上喷。

为了房子，他和我父亲到处找人。我看着他不止一次伏在红沙发的扶手上，一边咳嗽，一边在刊登《内奸》的那期《北京文学》上，哆哆嗦嗦地签字。当时南京一定有好几位首长收到了“× ×首长斧正”的签名本。大约有一年，他就是这么乱忙。精力不济，但是整天滥用精力。他总是说要写，要写，我起码听他讲过十个短篇小说的构思，有的构思反复讲，听着叫人都觉得腻味，觉得凄凉。

方之说死就死，没人想到他会病得那么厉害。为了他住院，住了院又转院，父亲母亲奔来走去。当时“探求者”声誉日起。作家开始被人们刮目相看。高晓声、陆文夫、方之，引起了全国文坛的注目。但是终于有一天，父亲精疲力竭地从医院回来，说了句：

“你方叔叔，死了。”

我们黯然神伤地注视着方之常坐的那张沙发，看着那太小的，玩具似的，该淘汰的，给了方之最后慰藉的红沙发。

方之几乎享受到了不该受到的礼遇，由于朋友的帮助，由于一些领导的关怀，作为一个普通作家，他死在南京级别最高的高干病房。那病房里有暖气，有大沙发，有可以洗澡的卫生间，卫生间面积比他家三世同堂的厨房都大。他的追悼会，参加者之多，殡仪馆最大的礼堂都容纳不下，最后人们不得不站在寒风凛冽的露天。他的好运气来得太迟。书生老去，机会方来。他死了，《内奸》得奖。他死了，房子有了，一个大套。

如果方之不死，他自然不会再像过去那样，一个劲地在我们家的红沙发上傻坐。物尽所用，一旦最起码的要求满足，这普通的红沙发对他又有什么意义。用不着别人替他担心，他自然会写，说不定还要继续得奖，做作协的副主席或者主席。

我们家也已经搬了再搬，沙发也换了再换。过时的红沙发早已弃之。我的父母已完成了中年向老年的过渡，有时想想，何苦换来换去，沙发不过是给人坐坐，那么讲究干什么。有时却想，也许正因为给人坐的，坐的是人，因此要讲究。沙发如此，何况于人。

我们黯然神伤地注视着方之常坐的那张沙发，看着那太小，玩具似的，该淘汰的，给了方之最后慰藉的红沙发。

我成天睡在书堆里，因为房子太小，原有的书橱放不下，许多书只好堆放在地上，一伸手就可以拿到，要我像太监一样，成天面对后宫成群的美女不动心，显然不现实。

与书为伍

离开江南农村，重新回南京读初中，我开始留心文学作品中的爱情。“文革”正在向纵深发展，我的父母已成为“死老虎”，只不过是陪斗的对象，造反派对他们没什么大兴趣。由于单位的房源太紧张，年轻人结婚没地方，我们家被一隔为二，南面的一间大房子腾出来，成为别人的新房。

被抄没的藏书也发还了，理由还是因为房子紧张。在这场史无前例的运动中，我们家的藏书损失了五分之二，父亲提到此事，难免有一种幸运之感。当初如果不是突然来抄家，父亲很可能把所有的藏书统统送到收购站，作为罪证销赃。由于被没收的藏书还是个罪证，即使发还了，父亲也必须把它留着，随时随地供批判使用。

很长时间内，父亲担心家中的藏书流传出去，会有传播毒素的嫌疑。他开始了一件很愚蠢的行动，就是把很多可能有问题的图书，都用牛皮纸将封面包起来。翻译的外国文学作品大都保留下来，而损失的都是国产小说，造反派中显然也有窃书不算偷的雅贼，只不过他们的趣味，更多的是《苦菜花》《林海雪原》一类的小说。当时年轻人上门借书是件很尴尬的事情，出于对造反派的恐惧，父亲不敢拒绝他们，可是更担心"放毒"的罪名。

好在这样的年轻人并不多，即使有，用今天的话来说，也是素质较好渴望上进的。很多事情现在说起来和梦一样，"文革"前高高在上的省长和省委副书记，这时候成为最大的闲人，借散步偷偷地到我们家做客，像平民一样诉说自己如何挨批斗，临走前，在父亲的推荐下，拎一包书带回去看。

越是到"文革"后期，父亲对书中的毒素警惕性越低。虽然心疼自己的藏书，他也不拒绝并开始喜欢那些上门借书的年轻人。很快，因为借书终于惹了些事，所幸与政治无关。两个各有家庭的青年男女，通过交换小说，互递情书，而纸条便夹在那些有爱情描写的章节里。吃醋的丈夫大打出手，偷情的男主角狼狈逃窜。我的母亲十分担心，认定是小说在其中扮演了很不光彩的角色，她和父亲展开激烈的讨论，得出的一致结论就是，既然无法拒绝别人借书，为了怕小说中的资产阶级思想把我也教唆坏，最稳妥的办法是加强对儿子的禁书，我成了男女偷情的直接受害者。

可以说我的整个青春期，都在和父亲的禁书做不懈斗争。“九一三”事件以后，南京又一次掀起了大挖防空洞运动。这一次比林彪在世时规模更大，我不明白它的背景和意义何在，与我们家有切身利益关系的是地基下陷，整栋小楼突然变成了危房。于是只好匆匆搬家，去住学生宿舍，父母一间是楼上，我和几千册藏书在另一间，是楼下，朝北。

父亲和我谈过无数次话，希望我做一个听话的孩子，他以自己为例，说明看外国小说的危害。父亲当时还没有解放，或是刚解放，反正充满了要重新做人的信念。他的话我每句都听了，然而没一句话听进去。那时候的文艺界人士，动不动就下乡，一会儿是干校，一会儿去海岛体验生活，少则半年，多就是一年，父亲想用他诚恳的谈话打动我，完全是白费心机。

还是那句话，我之所以入迷小说，最直接的动机仍然是大人不让看。就像禁毒一样，如果不能从来源上一刀切断，禁毒的成效肯定大打折扣。我成天睡在书堆里，因为房子太小，原有的书橱放不下，许多书只好堆放在地上，一伸手就可以拿到，要我像太监一样，成天面对后宫成群的美女不动心，显然不现实。我在无意之中发现了雨果，有一本叫《笑面人》的小说让我爱不释手，这或许是作者最不重要的一本书，然而正是因为“笑面人”的特殊表情，我才会去看《九三年》，看《巴黎圣母院》，看《悲惨世界》。20世纪80年代初期，伯父让我选一本世界文化名著缩写，我毫不犹豫地选择了《笑面人》，着手准备的时候，突然发现时过境迁，我和这样的小说已经格格不入。

在雨果的小说中，我最痴迷的是《九三年》，这本书让人痛哭流涕，我在本子上大段大段摘抄对话，长时间地沉浸在小说中出不来。我永远忘不了那最后一章，断头台矗立在晨曦中，“外形很像一个希伯来字母，或者古代神秘字母之一的埃及象形文字”。男主人公在读者的热泪中，被押上了断头台，太阳出来了，经过一段精彩的对话，郭文人头落地，西穆尔登开枪自杀。《九三年》给我的教诲，远远超过课堂给我的东西，在文化的沙漠上，雨果成为一片绿地，是雨果奠定了我最初的文学基础。时到今日，我仍然觉得他的作品是最好的中学生读物。

因为有了雨果，才会去看托尔斯泰，看巴尔扎克。高中的一段时间里，我始终摆脱不了《复活》的影响。我总有一种犯罪的感觉，雨果可以激发一个人的英雄气概，托尔斯泰却让你想到原罪。原罪是一种很奇怪的感觉，我想象自己做了什么样的坏事，想象自己如何忘恩负义，如何经受不了魔鬼的诱惑，然后陷入深深的赎罪之中。在同时期，我还看了萨巴哈钦·阿里的《我们心中的魔鬼》，这部并不太著名的土耳其小说让我记住了阿梅尔。阿梅尔让人耿耿于怀，言谈思想和实际行动充满矛盾，他深爱自己的妻子，却可以当着妻子的面拥抱另一个女人，他看不起狐朋狗友，偏和他们保持友谊，他甚至敲诈别人，这使他极端地鄙视自己的行为，结果又把敲诈来的钱扔掉。

我的青少年时代有着太多的时间，中学时代没有家庭作业，高中毕业待业一年，然后到工厂当了近四年钳工，如果不看小说，我不知道该干什么。

学日语

我也算学过几天日语，这实在是一件荒唐事。那一年我在北京，正好中学毕业以后待业，反正闲着也没事可干，我的堂哥有一群朋友，一个个心血来潮了，说是大家学日语吧，于是立刻上街买了教材，请了位老先生教我们。地点就在我堂哥的客厅里，说好了一星期上一次课。

老先生是日本帝国大学的毕业生，日语好得就跟日本人一样。他出生于满清的王爷家庭，是地道的贵族后裔，据说北京有条不小的胡同，过去全是他们家的。我们称他老先生，其实他也只有五十多岁，那一年是 1974 年，请他教书完全是免费的。他好像也和我们一样，闲着无事可干，教我们日语，对于他来说，起码也是一种打发时间的方式。很显然，他这样的人，在“文革”急风暴雨的日子里，狠狠地吃过一些苦头。

只有第一节课是认真的。我们跟着老先生，煞有介事地一遍遍读日文中的假名，最后再学一句日本话的“再见”。日语听起来总觉得有些滑稽，第一次课上完以后，我和堂哥之间，老是忍不住用才学的“再见”插科打诨开玩笑。从第二节课开始，就不太像话。我的堂哥老是忍不住要笑，像小和尚一样有口无心地跟着念，念了没几句，便让老先生给我们讲讲他当年在日本留学时的故事。老先生说：“好吧，讲一点，调剂一下大家的情绪。”

老先生当年在日本的故事当然好玩，听起来，比上课有趣得多。当时还是“文革”期间，有许多话不敢说，有许多话只能点到为止。然而老先生是那种乐意暴露隐私的人，吞吞吐吐好汉不提当年勇地承认，自己既然出生于挥金如土的豪门，年轻时难免荒唐，而日本的女人，实在怎么样怎么样。结果，课依然往下教，却越上越不像话了，大家跟着胡乱念，一有机会，就纠缠住老先生，让他从过去的生活中，挖出点精彩的故事来，调剂调剂情绪，活跃活跃气氛。老先生根本禁不起哄，他一肚子的往事烂在心里也太可惜。学生爱听，老先生更爱说，一边是洗耳恭听，一边是如实招来。话越说越深，很快，不敢说的话全说了。

老先生的往日故事一发而不可收。往日的故事越来越精彩。学日语很快就成了诱饵，颠来倒去就学了那么几句话，一到老先生开讲故事的时候，一个个没精打采的学生，顿时像刚吸足了鸦片，眼睛发亮神气十足。学日语本身成了非常次要的一件事。不仅学生是这样，老先生也是如此。往日的故事震撼了老先生已经萎靡的精神，他立刻忘了自己是在给我们上课，仿佛复活在往日的故事中。

荒唐的学日语留给我的记忆，就是我们老盼着正经八百的课快点结束，就是老先生突然振作精神，开始眉飞色舞漫谈他的过去。残存在老师记忆中的繁华梦，常常会无意中，从我眼前像风一样地吹过。

雨果难忘(1)

雨果显然不是法国最好的小说家，却是第一位让我如痴如醉，让我爱不释手的法国作家。我抄了许多雨果著作中的格言，这些格言直接影响了我的世界观。毫不夸张地说，如果没有雨果，没有《悲惨世界》，没有《九三年》，天知道我会变成什么样子。

今天的中学生，很难想象“文化大革命”中的读书生活。那是个文化的沙漠，读什么书，都得躲起来偷偷欣赏。喜欢读书的人在那个时代是怪物，十有八九的图书馆都被关闭了，书架上供人阅读的都是政治读物，或是人批判文章，或是样板戏剧本。“世界文学”这一概念，在当时似乎不存在。

我读的第一本雨果著作是《笑面人》，一个很无聊的中学生，一个渴望读书又没有书读的中学生，捧起了《笑面人》，立刻被小说中迎面而来的人情味吸引住了。当时有个经常被批判的词组今天已经听不到，这就是“资产阶级人性论”，雨果的罪状正好是宣扬了这种所谓的人性论。

我们家藏着差不多所有翻译过来的雨果著作，“文化大革命”初期，这些书都被抄家抄去了，隔了几年，因为翻修房子，没地方放，又退还给我们。刚开始，还没有被“解放”的父亲不让我读书，尤其不许读翻译过来的外国小说。他不想让我接触这些禁书，藏书曾经是父亲的命根子，是他一生中引以为豪的东西。也正是因为读了这些书，被灌输了书中的思想，他才有幸成了一名“右派”。

父亲不让读，我就自己偷着读。《笑面人》只是我无意中的发现。从《笑面人》开始，一发而不可收，我一本接一本地偷看雨果的著作。记得最先摘抄的是雨果的诗，然后是《死囚末日记》，然后是《布格-雅加尔》，然后是《巴黎圣母院》，然后是《悲惨世界》，最后是《九三年》，雨果有些矫情而且过于外露的诗句，高度戏剧性的情节，充满哲理的格言和对话，十二分地激动着我。雨果的作品对于我来说，成了文化沙漠中的绿洲，我像今日的追星族那样，完全被雨果的人道主义思想光芒所折服。我当时不能想象还会有比雨果更伟大的作家。

雨果最辉煌的著作是《悲惨世界》，当时还没有全译本，只出版了四卷，最后一卷，由于“文化大革命”的突然开始，显然还积压在了出版社。反正没有了这最后的一卷，我为可能有的结尾，做过种种猜想。一本你喜欢的书，不能知道它的结局，实在是一种折磨。多少年以后，我对雨果的热情已经消失，这带着结尾的最后一卷才姗姗出现，时过境迁，我已不想再读它了。

雨果的著作中，我最喜欢的是《九三年》，真是一边读，一边流眼泪。因为父亲不让我读外国小说，我便在夜里偷偷地读。那时候正好睡在书房里，父亲根本管不住我。他很快便发现我的大胆妄为。当时他戴罪工作，替剧团写那种永远也不可能写好的剧本，天天开夜车，有时写得难受了，便下楼散步。他站在窗外，不声不响地看我读书，有时忍不住了，便敲敲玻璃窗。

有趣的是，父亲的禁令表面上很严厉，在雨果的魅力面前，很快就对我名存实亡。他明知道我半夜里看书，第二天就跟没事一样，也不戳穿。敲了好几次玻璃窗以后，有一次，他一本正经地审问我：

“你在看什么书？”

我笑着说没看什么。

他板着脸说：“哼，没看什么！”

这事就算过去。吃饭时，父亲会莫名其妙冒出一句，说你又瞎看书了。说了也就说了，来势不汹，我也不在乎。书照样要看，越看越入迷，越入迷越忘乎所以，终于有一天忍不住，老气横秋地对父亲说，雨果的《九三年》是世界上最伟大的书。

雨果难忘（2）

关于雨果，总觉得还有话可以说。不知道现在的学生喜欢不喜欢在小本子上摘抄名人格言，我小时候摘抄得最多的大约就是雨果的警句。在雨果的著作中，到处都是闪烁着思想光芒的句子，你只要拾蘑菇似的弯下腰来，俯拾即是，不一会儿工夫便是满满一箩筐。如果有人问中学生最适合看什么样的世界文学名著，我会毫不犹豫地告诉他读雨果。

雨果的作品是最好的少年文学读物，这么说，丝毫没有轻视的意思。我始终认为雨果的小说对青少年世界观形成，有很大的好处。写到好处的时候，顿时有些不安，因为我一向认定，以利益为准则诱惑别人读书是不对的。这是把一件本来十分高尚的事情，弄得庸俗化了，民不畏死，奈何以死惧之。我不过是说说个人的经验，王婆卖瓜，自卖自夸，你可以相信，也可以不相信。

记得我看了《笑面人》以后，就抄过这样一些精句，譬如“要国王有什么用?你们把王族这个寄生虫喂得饱饱的，你们把这条蛔虫变成了一条龙”，又譬如“一个赤身裸体的女人，就是一个全面武装的女人”。大约是这些意思，因为我已经找不到当年的那个小本子，而书橱里的《笑面人》早不知哪去了，《悲惨世界》也不在了，这恰好证明我喜欢向别人推荐雨果，并且深受卖弄其害，肯定是有人借了没还。

一个处于青春期的孩子摘抄了这样的句子，他的母亲看了显然不会太乐意，尤其是在“文化大革命”那样的背景下。事实也是如此，小时候因为喜欢看小说，喜欢看外国小说，我母亲常常叹气，说我跟堂哥学坏了，她觉得我小小的脑袋瓜里，都是资产阶级的思想。但是我仍然要说雨果的作品对中学生有好处。有人说，“文革”一代人都是吃狼奶长大的，这话我并不完全同意。起码我身边有不少人都是在孜孜不倦地读世界名著，在谈雨果，在谈巴尔扎克，在谈陀思妥耶夫斯基。

那时候，一本好书可以悄悄流传，大家废寝忘食，真正是用心去阅读，不像今天，有的中学生就知道应付考试，玩电子游戏机，世界文学都搁在书架上做样子。我记忆最深的是《九三年》，上中学的时候，因为没什么事可做，我对这本书简直是到了如痴如醉的地步。现在一想起来都觉得好笑，当时真是一面流眼泪，一边在摘抄。这本书中有着大量精彩的对话，大段大段的对话几乎全是慷慨激昂的演说词，一说就是一页两页，它们对我的影响远远超过了教科书。

虽然已经过去了几十年，我仍然还会梦到最后那个辉煌的场景，这是《九三年》的结尾部分，太阳高高地升了起来，郭文高傲的头颅被按在断头台上，痛苦不堪的西穆尔登拔出手枪，在最后关头，用一粒子弹洞穿了自己的心脏。那是一个让孩子可以放声痛哭的壮丽场面，一连多少天，我都感到心里堵得难受，以至于上课的时候，老师在黑板前有气无力地讲工业基础知识，我的心思却好像还在刑场上，耳朵里仍然回响着子弹呼啸的声音。

雨果的小说洋溢着火一样的激情，他的文字从一开始就在燃烧，从头燃烧到尾。对于中学生来说，没有什么比这更值得一读。就小说吸引人的程度来说，除了雨果，我印象深刻的还有这样一些作家的作品，譬如高尔基的自传三部曲，譬如大仲马的《三个火枪手》和《基督山伯爵》，譬如金庸的武侠作品，这些小说，都是逼着你要一口气读完。

如果我是程度不高的中学生，你不拿真正好玩的东西来引诱，我才不会上当。我绝不会因为别人说了几句漂亮的大话，用棍棒逼着我，或者给我吃了一块糖，就会硬着头皮去啃那些看不下去的文学名著。平心而论，你不能说卡夫卡的小说不好，你不能说福克纳的小说不是国际水平，可是一定要怂恿中学生去读他们的小说，效果恐怕只能是适得其反。你显示了你的学问，结果却是把年轻的中学生的胃口搞坏掉了，让孩子得了厌食症，结果你以后再说什么，别人也不会相信你。

寓教于乐实在是迫不得已的事情。不仅是对于中学生，对于天下所有识字的人，大约都是这个道理。捆绑不成夫妻，立刻成亲也必须本人愿意才行。由于年龄不同，生活经历不同，文化程度不同，对“乐”的感受也不尽相同。我想适合中学生看的读物不外乎两个要求。一是要好看，要让中学生爱不释手，最适合的例子就是雨果。另外一个是要有思想，要有教育意义，这同样首推雨果。

当然，前一个要求更重要，因为说老实话，我还真的很少看到一点儿教育意义都没有的图书。只要是个写文章的人，心里多少都会有些救世的浅薄想法，世界上最没道理的人，也喜欢在文章中说道理，说那些没有道理的道理。对于中学生来说，最重要的还是让他们狼吞虎咽地往下看，而且有一点真是可以放心，孩子的天性都是好的，好东西绝对可以吸引他们，对好东西，孩子们往往比我们更容易感动。

想起了老巴尔扎克

初读老巴尔扎克是在 1974 年，那一年我十七岁，脑子里最美好的小说家是维克多·雨果。我阅读了雨果的大多数作品，如痴如醉地在本子上胡抄乱画。十七岁这一年对我文学上的长进至关重要，意味着我正在告别浪漫主义小说，步入更为广阔的新小说世界。那是读书无用的年代，我高中刚毕业，没有大学可以上，没有工作，对前途既不悲观也不乐观，时间多得像是百万富翁。

在祖父的辅导下，我同时读了巴尔扎克的《高老头》和托尔斯泰的《战争与和平》。那个年代像我这年纪，读完《战争与和平》可不是件容易的事，实际上这部人类史上最伟大的史诗，我读到第三卷就再也读不下去。我不明白祖父说的好与了不起究竟藏在什么地方。

使我爱不释手的是《高老头》，这本书要好看得多，很轻松就读完了，从头至尾趣味盎然。对于一个十七岁的文学少年来说，名作家巴尔扎克如此容易接受，真让人想不到。我一连读了好几本巴尔扎克的小说，有的好看，有的并不好看。差不多全是傅雷翻译的，扉页上有毛笔留下的笔迹，毕恭毕敬地写着他的名字，那是他送给祖父的签名本。记得还有北大教授高名凯的译本，和傅译比起来，简直就是不忍卒读。

巴尔扎克诱惑我的时间并不长久。我开始大量地阅读世界名著，目的不是想当作家，甚至也不是为了提高所谓的文学修养。我拼命读名著的直接原因，就是想在和别人吹小说的时候，立于高人一等的不败之地。说起来真是好笑，巴尔扎克当时只是我吹牛的资本和砝码。真正迷恋巴尔扎克是我自己开始写小说的时候，那已是70 年代末，我从一个无知的文学少年，过渡为一个货真价实的文学青年。

读了太多的20世纪小说以后，我自以为是地认定19世纪的小说已经完全过时，满脑子海明威、福克纳、萨特、加缪，开口现代派、意识流、新小说、黑色幽默。时至今日，我最喜欢的仍然是美国小说，20世纪的美国小说生气勃勃，充满了创新意识。然而完全是出于偶然，老掉牙的巴尔扎克，突然给了我一种全新的刺激。我重读了《欧也妮·葛朗台》，让人吃惊不已的是，这部极其简单的小说，竟然蕴藏了丰富的绝不简单的东西。

巴尔扎克最容易给人们留下某种错觉，仿佛他只会批判现实，老是在喋喋不休地谴责金钱，好像对钱有着刻骨仇恨，虽然事实上他和同时代的人一样爱钱如命，并且让人失望地追逐功名。我第一次在巴尔扎克的小说中读到了全新的思想，这全新的思想就是人们嘴里已经谈得有些可笑的爱。在许多著名爱情小说的书本里，我们读到的是人的欲望，是灰姑娘的故事翻版，是市民的白日梦，甚至是偷鸡摸狗的掩饰。爱在崇高的幌子下屡屡遭到污辱。《欧也妮·葛朗台》引起了我对巴尔扎克一种新的热情。

我情不自禁地又一次读了令人震惊的《高老头》，又一次读了《幻灭》，读了《贝姨》，读了《搅水女人》。傅雷的译本像高山大海一样让我深深着迷。我不止一次地承认过，在语言文字方面，傅雷是使我受惠的恩师。巴尔扎克的语言魅力，只有通过傅译才真正体现出来。是傅雷先生为我提供了一个活生生的巴尔扎克。

在字里行间，在汪洋恣肆的语言宫殿里，在一个对理性世界充满怀疑的年代，我开始重新思索老掉了牙的爱。从表面上看，欧也妮付出的代价是爱，得到的却是不爱，“这便是欧也妮的故事，她在世等于出家，天生的贤妻良母，却既无丈夫，又无儿女，又无家庭”。作为一名极普通的女子，欧也妮的爱使人终于想起圣母玛利亚。正如高老头对女儿的爱让我们想起基督一样，在巴尔扎克的笔底下，爱是无理智，无条件。爱是一道射向无边无际世界的光束，它孤零零奔向远方，没有反射，没有回报，没有任何结果。爱永远是一种可笑幼稚的奉献。欧也妮“挟着一连串善行义举向天国前进”。小说的意义根本不在于表现谁是否得到爱，也不仅是表现谁有没有付出爱，巴尔扎克在无意中探讨了爱的本意，探讨了爱的尴尬处境，探讨了爱的最后极限。高老头对女儿的爱和女儿对他的不爱，这对矛盾关系揭示了人类令人失望的事实真相，爱并不会因为无结果就失去夺目的光辉，金钱可以使爱扭曲，荣誉地位可以使爱变形，然而爱的本意却永远也不会改变。

巴尔扎克对于今天的读者来说，的确有些太古老。他那高度写实力透纸背的技巧今天看来已经有点啰里啰唆。但是我却在他的作品中读到了最具有现代小说意义的特征，读到了最古老话题的新解释。重读巴尔扎克使我获益匪浅，无论是欧也妮，还是高老头，还是于洛男爵夫人，还是伏脱冷，或者是拉斯蒂涅，或者是吕西安，我得到的理解就是，虽然巴尔扎克发现金钱欲的巨大作用，但是他的小说首先是爱，其次才是批判或者别的什么东西。

对巴尔扎克的入迷使我有机会想入非非，再也没有什么比罗丹的雕像更能抓住巴尔扎克的本质。那是一个被睡眠折磨得无可奈何的大师神态，他被莫大的幻想迷惑和惊吓，蒙眬的睡眼，嘴唇紧闭，一头失魂落魄的乱发，抖动他的病体就像抖动他的那件睡衣一样。这是一架疯狂的写作机器，仿佛传说中的那位令人惊骇的独眼怪物。他以非凡的创造力建构了一个全新的世界，巴尔扎克是这个凭空创造出来的奇迹世界的君王，正如勃兰兑斯极力赞美的一样，他拥有自己的国度。就像一个真正的国家一样，有它的各部大臣，它的法官，它的将军，它的金融家、制造家、商人和农民，还有它的教士，它的城镇大夫和乡村医生，它的时髦人物，它的画家、雕刻家和设计师，它的诗人、散文作家、新闻记者，它的古老贵族和新生贵族，它的虚荣而不忠实的情人、可爱而受骗的妻子，它的天才女作家，它的外省的“蓝袜子”，它的女演员……

巴尔扎克所创造的世界，成了后来无数作家的梦想。一个固定的文学词汇产生了，这就是“巴尔扎克式的野心”。是否具有不同凡响的创造力，成了我们检验一个好作家的唯一标准。除了令人眼花缭乱的众多人物之外，巴尔扎克小说形式的多样化，同样让后来的作家感叹不已自愧不如。他不是仅靠一两部小说维持自己声誉的小说家，他的绝技生龙活虎般地体现在他的一系列作品中。就像一滴水也能反射出太阳的光辉一样，巴尔扎克的好小说中几乎都有震撼人心的场面，都有几个了不起的人物，这些人物都具有原始质朴的纯情，都以一种永不疲倦的执著和追求而不朽。

自从文学上出现了巴尔扎克以后，要想成为大作家，再也不是一桩轻而易举的事。巴尔扎克式的野心刺激着那些在文学上渴望能有一番作为的人。小说作为一门独立的科学，一门独立的艺术，正在越来越博大精深，越来越趋于成熟和完整。巴尔扎克是小说史上最耀眼的一块里程碑。我常常不知不觉地陷入痴想，想入非非头昏脑涨，目瞪口呆不知所措。因为有了伟大的巴尔扎克，我们可怜兮兮的脑袋瓜里，我们那支胆战心惊的笔，还能够制造出一些什么样的小说来，“我们还能怎么写”这个命题将折磨我们一辈子。

后　记

女儿看小时候的照片，不太相信当时会是那样。照片作不了假，它记录的人和事，尽管绝对真实，却有可能一片模糊。照片可以帮人寻找童年记忆，我小时候很少拍照，照片稀罕，于是就少了许多参考。

说起对童年的最初记忆，印象最深的是想去传达室拿牛奶。大约玻璃奶瓶容易碎，家里千方百计不让去，而我是很听话的孩子，不去就不去，心里老在惦记。还记得小时候，每天吃四顿饭，后来变成了三顿，我怎么也想不明白，为什么会少一顿，直到上大学，做梦时还在琢磨。

父亲说我小时候最怕去幼儿园，为了哄我，他像游击队员一样在街上转，为我买冰棍，买糖葫芦，把我弄糊涂了，然后往幼儿园老师手上一塞，掉头就跑。这是他经常要说的一个故事，很长时间内，我似乎也有这样的一个记忆。

父亲过世后，突然意识到这个记忆对我来说，并不存在。我记忆中，根本没有这个印象。事情当然是真的，可惜我开窍太迟，当时并没存入大脑的硬盘，因此真实记忆是一片空白。我觉得自己似乎记得有这件事，其实只是记住了父亲怎么说。

小时候的事，不是都能记忆犹新。我们都吃过母乳，但是不可能记住自己在母亲怀抱中的馋相。有些记忆从来就不曾有过，大家觉得有，是我们在不知不觉中加了工，被别人或者自己所骗。回忆的童年往往靠不住，换句话说，即便事情都是真的，也未必是我们的真实记忆。

童年在回忆中，即使不那么美好，也仍然是亲切的。回忆童年需要帮助，除了要靠照片，要靠父亲和母亲的叙说，还要借助想象力。没有想象力，就无法很好地回忆。正因为这样，童年的回忆不仅能锻炼记忆力，还能训练想象力。

2015年9月9日　南山